여자 나이
오십,
봄은
끝나지
않았다

여자 나이
오십,

봄은
끝나지
않았다

박경희 지음

고려문화사

당신은 지금 바비레따에
살고 있나요?

늦여름에서 초가을로 넘어가는 길목은 찬란하다. 작열하는 태양 아래 곡식들이 무르익어 가고 텃밭 바지랑대 위로 빨간 잠자리 떼가 유영하고 있다. 춥지도 덥지도 않은 최적의 날씨. 석류는 붉게 물들고 길가엔 구절초가 함초롬히 피어나 있다. 억새꽃이 은빛 물결을 이루는 언덕. 더없이 아름답다. 이름하여 '바비레따'의 계절.

러시아에서는 여름 끝 무렵에서 초가을로 들어서는 이 주일 정도를 '다섯 번째의 계절 바비레따'라고 부른다. 그래서인지 중년 여성에게 "당신은 지금 바비레따에 살고 있군요"라는 말을 건네곤 한단다. 이 말엔 '젊지는 않지만 아주 화사하고 매력적인 여성'이라는 뜻이 담겨 있다.

섬섬히 익어 가는 석류 알처럼 농익은 중년 여인은 고혹적이다. 그 모습은 하루아침에 만들어진 형상이 아니다. 봄, 여름을 지나 가을이 오듯 여인의 계절 역시 수없이 많은 비바람을 지나야 비로소 '바비레따'의 계절에 다다르는 것이리라.

　흔히 중년 여성을 가을에 비유한다. 세월의 강을 건너며 비바람을 견뎌온 모든 것이 결실을 맺는 나이라는 뜻일 게다. 아이들은 자라서 독립을 했거나, 남편은 사회적으로 자리를 잡아 위치가 공고해질 때다. 경제적으로도 안정권에 접어들고 모든 일에 자신감이 생기기도 한다. 누구를 만나도 쉽게 마음을 털어놓을 수 있을 만큼 너그러운 마음도 갖게 되고, 운동과 여행을 즐길 여유도 생긴다.

　하지만 아쉽게도 우리 주위에는 스스로가 바비레따에 살고 있다는 것을 모르고 사는 경우가 많다. 갱년기라는 무서운 늪 때문이다. 시도 때도 없이 찾아오는 권태로움. 아무것도 내세울 것이 없다는 낮은 자존감. 온 정성을 다해 키운 자식들을 떠나보낸 후에 찾아온 빈 둥지 증후군. 광야에서 칼 빼앗긴 군인처럼 맥없이 돌아온 남편을 보듬어 안아야 하는 부담감. 어느 날 갑자기 찾아오는 죽음에 대한 공포감 등.

《여자 나이 마흔으로 산다는 것은》 그 이후 이야기를 쓰는 이 시점은 참 많이 다르다. 우선 내 몸에 많은 변화가 생겼다. '폐경' 이야기만 해도 그렇다. 그때 나는 폐경에 대해 수많은 사례를 들었지만, 내 뼛속 깊은 곳에서 느꼈던 허탈감에 대해서는 잘 모르고 있었다. 그럴 것이다, 라는 전제하에 글을 썼던 것이다. 실제로 내 몸의 변화를 겪으면서야 듣는 것과 경험하는 것은 다르다는 것을 실감했다.

첫 책을 쓴 후 그동안의 시간에서 내게 일어난 가장 큰 변화는 '아줌마'라는 호칭조차 듣기를 꺼리던 내가 '할머니'가 되었다는 점이다. 아들의 결혼 선포에 놀랐던 가슴은 '며느리의 임신' 소식에 이어 '손자의 탄생'까지 계속되었다. 그 당시 내 마음속에 일렁이던 파랑은 말로 형언키 어렵다. 이 시점에 '바비레따의 계절을 사는 중년 여성'에 대한 글을 쓰게 된 것은 어쩌면 숙명일지도 모른다는 생각이 든다.

바야흐로 백 세 시대이다. 참 많이 살아온 것 같은데 인생의 절반 밖에 살지 않았다는 생각을 하면 아득하다. 아직도 삼십 년 내지 오십 년 정도는 더 살아야 될지도 모른다. 그런 면에서 지금쯤 다시 한 번 숨 고르기가 필요하다는 생각이 들었다.

"당신은 지금 바비레따의 계절에 살고 있나요?"
이 질문으로 이야기보따리를 풀어 갈 생각이다. 하얀 눈이 소복이 쌓인 밤, 사랑방에 앉아 밤새 수다 떠는 마음으로, 한편으로는 동지를 만나 인생의 매듭을 풀어 가는 심정으로 말이다.
나의 이 미미한 글이 아파도 울 수 없는, 이 땅의 많은 중년에게 작게나마 위로가 되고 희망이 될 수 있다면 더없이 기쁠 것 같다.

차례

프롤로그

　　당신은 지금 바비레따에 살고 있나요?　　　　　　4

중년, 다리 위에 선 사람들

　　다시 한 번만 생리대를 쓰고 싶다　　　　　14

　　아기가 되어 돌아온 남편　　　　　　　22

　　여자 나이 오십, 봄은 아직 끝나지 않았다　　　33

　　여자가 곰국을 끓일 때　　　　　　　40

　　새로운 가족이 생겼어요　　　　　　　49

　　황혼 이혼에 대한 단상　　　　　　　56

　　불타는 사랑, 다시 올까?　　　　　　　62

　　동안보다는 멋지다는 말이　　　　　　67

　　자만하거나 자학할 필요가 없다　　　　75

　　이해 안 되는 게 없는 나이　　　　　　81

　　나이 들수록 쪼잔해지는 남자　　　　　87

멋진 중년, 준비가 필요해!

미리 써보는 유언장 그리고 묘비명　　　　　94

서로의 의자가 되어 주는 동지, 부부　　　　102

섹스 없는 연애, 여자의 우정　　　　　　　107

혼자 놀 줄 알아야　　　　　　　　　　　112

공부가 이렇게 재밌을 줄이야　　　　　　117

어느 날 갑자기 이별이　　　　　　　　　122

혼자 살든 함께 살든　　　　　　　　　　127

중년에 피해야 할 꼴불견 여섯 가지

아무나 가르치려 드는 여자　　　　　　　138

입은 닫고, 지갑은 열고　　　　　　　　　141

징징대지 말자　　　　　　　　　　　　　145

목소리는 작게, 밥은 적게　　　　　　　　148

자식에게 목매지 말자　　　　　　　　　　150

나도 어쩔 수 없는 시어머니　　　　　　　157

인생 제2막, 노하우가 필요해!

첫째. 나만의 오두막   164

둘째. 나의 버킷 리스트   166

셋째. 내 인생의 자서전   170

넷째. 봉사하는 기쁨   172

다섯째. 문화생활은 힘이 크다   175

여섯째. 책 읽는 중년이 멋지다   178

일곱째. 장롱 속 청바지를 다시 꺼내자   180

인생 제2막, 할 일은 아직 많다

전업주부에서 작가로   184

진주를 캐듯 재능을 발견한 사람들   191

부모님 병실 지키다 장례 지도사로   196

숲 해설가가 되었어요   202

다시 시작이다   206

중년의 몸, 점검이 필요해!

우울증의 반대말은 즐거움이 아닌 생동감　　　214

살, 살, 살과의 전쟁　　　219

왠지 부끄러워요!　　　222

나도 치매일까?　　　225

자존심이 새는 소리　　　230

건강의 기초　　　233

오십에 읽으면 좋을 책 11　　　236

오십에 보면 좋을 영화 11　　　244

작가의 말

꿈을 꾸고, 꿈을 이루며 나이 들어 가고 싶다　　　256

여자 나이 오십이 되면 어느 정도 숨을 돌릴 수 있게 된다.
아이들이 대학에 가거나 졸업에 취직까지 하게 되면서 생기는 여유로운 시간.
진정 자유로운 나이가 된다.
제주에서 만난 여고 동창생들의 얼굴에 깃든 해방의 전사 같은 얼굴로 말이다.
그만큼 자유가, 친구들과의 오붓한 시간 속에서 자기를 찾는 시간이 즐거운 것이다.
얼마나 오랫동안 꿈꾸며 기다려온 시간인가.

중년,
다리 위에 선 사람들

다시 한 번만 생리대를 쓰고 싶다

오랜만에 산부인과에 다녀왔다. 쑥스럽고 민망하기는 삼십 년 전과 똑같았다. 첫아이를 임신하여 처음으로 산부인과를 다녀온 날, 나는 잠을 설쳤다. 내진이라는 명목으로 남자 의사의 손이 내 자궁 안으로 들어오던 느낌 때문이었다. 낯설고 부끄럽다 못해 은근히 화가 나기도 했다. 내 비밀스런 곳에 도둑이 다녀간 느낌이 들었을 만큼 싫었다. 꼭 내진이라는 절차를 밟아야 하나 싶었다. 초음파만으로도 모든 게 확실해질 것 같은데 말이다. 그런 일이 있은 후 여자 의사가 있는 산부인과를 찾느라 애먹었던 기억이 난다.

여자의 자궁은 우주라는 말을 두 아이를 낳아 키우면서 실감했다. 그래서 매달 찾아오는 손님에 대한 생각도 결혼 전과는 달라졌다.

내 몸을 아프고 귀찮게 해도 생명의 젖줄이라 생각하니 소중하기 그지없었다. 그런데 일 년 전부터인가 쥐 오줌처럼 비치던 붉은빛이 어느 날 갑자기, 멈췄다. 그야말로 딱 멈췄다. 냉정하게 뒤도 돌아보지 않고 떠나가는 애인처럼.

처음에는 여행 떠났다 돌아오듯 홀연히 다시 오겠지 싶었다. 그러나 한 달, 두 달, 석 달이 지나도 돌아오지 않았다.

'폐경이 왔구나! 난 이제 여자로서 모든 것이 끝난 건가! 마침표를 찍어야 한다는 말인가?'

솔직히 허망했다. 누군가는 시원하다 못해 폐경을 위한 축하 잔치까지 벌였다는데 나는 절대 그렇지 않았다. 누군가에게 일방적으로 이별 선언을 받은 느낌이랄까. 갈피를 잡을 수 없을 만큼 혼돈스러웠다.

중학교 2학년 때 시작된 후로 아이 둘을 몸에 품고 있을 동안을 빼고는 단 한 번도 거르지 않았던 내 몸의 손님이었다. 그가 발길을 끊은 셈이다. 물론 마흔 중반을 넘어서면서부터 말로는 폐경이 된들 무슨 상관일까 싶었다. 어쩌면 시원할 것도 같아 은근히 그날을 기다렸던 적도 있다.

그러나 현실은 달랐다. 한동안 일이 손에 잡히지 않았다. 거울을 보면 갑자기 십 년은 더 늙어 보이고, 인터넷이나 신문을 보아도 '갱년기'라는 글자만 눈에 띄었다.

더욱 곤란한 일은 늘 한자리에 쟁여놓고 쓰던 생리대를 볼 때였다(나는 일 년에 한 번씩 생리대를 왕창 사다 놓곤 했었다). '적어도 한 번은 쓰게 되지 않을까!' 그러기를 일 년, 바라던 일은 일어나지 않았다. 그렇다고 쉽게 버리게 되지도 않았다. 딸이 없으니 줄 사람도 없어 생리대는 애물단지가 되고 말았다.

한번은 가까이 살면서 늘 목욕을 같이 다니는 친구가 "생리 중이라 목욕을 할 수 없다"는 말을 했을 때 이상하게도 왠지 모르게 부러웠다. 마치 태어나 단 한 번도 생리라는 걸 해보지 못한 여자처럼 기분이 싱숭생숭했다. 생각지 못했던 증상이었다. 그때부터 나는 딱 한 번만 더 생리를 할 수 있다면 좋겠다는 말을 농담 반 진담으로 하곤 했다. 오랜 나의 친구를 위해 조촐하게나마 이별식이라도 치르고 끝내고 싶은 마음이었다.

폐경과 함께 찾아오는 증상은 예상외로 다양했다. 이틀에 한 번은 꼬박 밤을 새워야 했다. 늘 자정을 넘겨 새벽 두 시쯤 잠들던 터라 처음에는 대수롭지 않게 생각했다. 밀린 원고도 쓰고 책도 읽다 보면 잠이 오겠지 싶었다. 웬걸, 새벽이 다 되어 오도록 단 한숨도 잘 수 없을뿐더러 온몸이 납덩이를 매단 것처럼 무거웠다. 거기에다 시도 때도 없이 땀이 솟아올랐다. 끈적끈적. 불쾌했다. 운동하고 나서 흘리는 기분 좋은 땀이 아닌, 뭔가 내 안의 오물들이 억지로 밖으로 분출되는 느낌이었다. 옛날 할머니들이 '삭신이 쑤신다'면서 힘겨워하시던 모습이 떠올랐다. 한순간 내가 완전히 노인이 된 것 같아 우울해졌다.

밤에 잠을 못 자니 낮에도 비실댔다. 그러다 조금만 피곤하면 자리에 누워야 했다. 누우면 물 한 모금 가져다 마실 수 없을 만큼 기진맥진이 되었다. 서럽고 서러웠다. 슬금슬금 갱년기 우울증이 내 안에 침입한 것이다.

그날도 몸이 영 좋지를 않아서 남편을 출근시키고 맥 놓고 누워 있는데 문득 얼마 전에 본 뮤지컬이 생각났다. 〈메노포즈〉라는 뮤지컬은 멤버를 바꿔 가면서 오랫동안 무대에 올려지고 있는데, 내가 보았을 당시 나는 '폐경'을 그저 먼 나라의 일로만 생각했었다. 아니, 폐경을 뮤지컬 소재로 한 것 자체가 생경했다.

뮤지컬을 보고 돌아오며 '폐경'을 '닫아버린 문'으로 생각했던 편견에서 벗어나야겠다고 생각했다. '폐경'이라는 말 대신 '완경'이라는 말을 쓴다는 것도 그때 알았다.

'폐경' 하면 떠오르는 사람이 또 있다. 언젠가 해외여행을 함께 갔던 선배 작가가 수시로 속옷을 갈아입는 걸 보았다. 땀을 비 오듯 흘리며 절절매는 모습이 영 낯설고, 그분 때문에 일정이 뒤처지게 되는 것도 못마땅했다. 마침 그 선배 작가와 숙소를 같이 쓰게 되었는데 밤새 끙끙 앓다시피 했다. 알고 보니 그분은 갱년기를 심하게 앓고 있었다.

그때 나는 얼마나 힘드냐고 위로의 말을 건네지 못했다. 솔직히 갱년기 증상이 그토록 힘든 것인 줄 몰랐기 때문에 대수롭지 않게 여겼다. 하지만 막상 내가 겪고 보니 뒤늦게 그 선배 작가에게 미안한 마음이 들었다. 미안하다고, 이렇게 힘든 것인 줄 몰랐었다고 정식으로 사과드리고 싶을 만큼 절절했다.

폐경을 맞으면서 시도 때도 없이 자리에 눕고 싶어졌다. 가끔 나도 모르게 자리에 누워 있는 자신을 발견하기도 했다. 마음과는 달리 방바닥이 마치 자석이라도 되는 듯 일단 누우면 도저히 일어날 수가 없었다. 냉장고의 물조차 가져다 먹기 싫어서 남편이 올 때까지 시체처럼 누워 있었던 적이 많았다. 그런 상황인에도 남편은 나의 증상을 대수롭지 않게 보는 것 같아 섭섭한 마음까지 들었다.

"또 아파? 왜 그래? 남들 다 먹는 나이를 왜 자기만 먹는 것처럼 유별나게 굴어? 이상한 일이네."

남편이 평소와 달리 딴사람이 된 듯 나를 공격해 오는 것이 낯설었다. 저 남자가 나와 삼십 년 가까이 함께 산 사람이 맞아? 그 순간만큼은 자타가 인정하는 자상한 남편이 아니라 무심한 남자일 뿐이었다. 남편은 내 몸의 변화에 대해 짜증부터 내는 것 같았다. 마치 평생 누워 지내는 여자를 대하듯 나를 불편해했다. 자연히 부부 관계도 뜸해져 부부 전선에 냉기가 돌았다.

아들 또한 마찬가지였다. 엄마는 늘 집에서 작업하며 어깨가 아프다고 하더니 또 그 증상이 왔나 보다, 라고 생각하는 것 같았다. 내가 물도 못 마시고 사흘째 누워 있어도 일 마치고 귀가하면 인사도 건성으로 하고는 자기 방으로 쏙 들어가버렸다. 살가운 딸 하나 없는 게 그때처럼 아쉬웠던 적이 없다. 급기야 내 안에 고인 눈물이 폭포수를 이루었다. 모처럼 남편과 아들이 일찍 들어온 날이었다.

"너무하지 않아? 적어도 밥은 챙겨 먹었느냐고 물어야 할 것 아냐. 난 몸이 아파 죽을 것 같아도 어머니와 당신을 위해 밥은 짓잖

아. 죽을 만큼 힘든데도 움직이니까…… 꾀병인 줄 아는 거지?"

남편에게 직격탄을 날렸다. 말을 하는 순간, 더욱 서러워져서 꺼이꺼이 울고 말았다. 그랬다. 내 친정어머니가 그랬듯 나는 힘들어도 내가 해야만 하는 몫은 해냈고, 그렇게 살아왔다. 남은 건 내 몸 아픈 것밖에 없다는 생각이 들었다. 그렇게 훌쩍이고 있는데, 친구가 했던 말이 떠올랐다.

"난 내 몸을 위해서라면 돈도 시간도 아끼지 않아. 아껴가며 살림해 봤자, 내가 아파 누워 있으면 모든 게 꽝이거든. 병원에 입원하면 오히려 더 큰돈 들게 되니 미리 예방주사를 맞는 거지. 나는 평소에 나를 위해 투자하는데 말이야. 너도 그렇게 살지 마. 너 아파 누워 있으면 누구도 네가 가족을 위해 헌신하다 병났다고 생각하지 않아. 네 건강이 우선이야."

친구는 젊었을 때 건강하지 못해 보약을 입에 달고 살았다. 그랬던 친구가 지금은 나보다 훨씬 더 건강한 모습으로 활발하게 활동하고 있는 것을 보면, 그녀가 참으로 현명했다는 생각이 들었다.

내 흐느낌에 자기 방에 있던 아들 녀석이 겸연쩍은 얼굴로 다가오더니 한마디 툭 던졌다.

"엄마, 정말 많이 힘든가 보네요. 얼른 병원에 가 보세요."

내가 울고불고 난리를 부리자 그제야 심각한가 싶었던지 남편도 당황한 얼굴로 말했다.

"미안해. 평소에 건강하던 사람이 맨날 아프다고 하니까 나도 모르게 심하게 말한 것 같네. 갱년기 증상이 뭔지 내가 어떻게 알겠어.

얼른 병원에 가 봐. 약 먹어야 한다면 먹고……."

나중에 남자들도 여자처럼 갱년기가 있다는 것을 알고서 화가 풀렸지만, 그 당시는 정말 남편이 야속했다.

며칠 후, 남편과 아들의 말대로 병원을 찾기로 했다. 내가 건강해야 가족이 건강하다는 말이 새삼 가슴에 와 닿았다. 주위에서도 병원에 가서 정밀 진단을 받고 호르몬 치료를 받으라고 권했다. 그래서 찾은 곳이 산부인과였다.

자궁을 누군가에게 보인다는 것, 아무리 그가 의사라 해도 석연찮은 건 여전했다. 진료실에 들어가는 순간, 도망치고 싶은 것도 마찬가지였다.

"폐경을 인정하는 것이 중요합니다. 물리적인 약물 치료가 도움이 될 겁니다."

그날 처방 받아 온 호르몬제는 딱 한 알만 먹고 그만두었다. 속이 메스껍고 머리가 터질 듯 아파서 두려움 때문에 더는 먹을 수가 없었다.

지금 나는 자연요법과 운동을 겸하고 있다. 경동시장에서 갱년기에 도움이 된다는 한약재를 구입해 작업하는 내내 끓여 마시고 있다. 나보다 앞서 갱년기의 강을 건넌 친구가 선물해 준 석류를 넣어 만든 홍삼 갱도 열심히 챙겨 먹는다. 그렇게 한 6개월 정도 꾸준히 한약재로 된 차를 마시는 동안 증상이 많이 좋아졌다. 시도 때도 없이 흐르던 땀도 줄었고, 깊은 잠도 잘 수 있게 되었다.

아무리 바쁘고 귀찮아도 하루에 삼십 분 이상 걷기 또한 꾸준히 행하고 있다. 걷는 것도 습관이다. 매일 밥 먹듯 시간을 내어 걸었다. 자연식에 민간요법은 물론 걷기를 일과처럼 꾸준히 행하다 보니 몸이 편해졌다. 몸이 건강하니, 마음 또한 평화로워졌다. 걸을 때마다 심호흡을 하듯 자신에게 하는 말이 있다. 폐경과 함께 찾아오는 '우울의 덫'에 지지 않으려 자기최면을 거는 시간이다.

'애썼어. 그동안 너는 위대한 일을 해내며 살아온 거야. 칭찬받아 마땅해. 두 아들 낳아 잘 키웠고, 큰아들은 독립까지 했잖아. 이 땅에 와서 너의 자궁이 이룬 업적은 대단하고 대단해. 이제 정말 편안히 쉬어도 돼. 폐경이 완경이라는 말을 받아들이며 살자.'

어느 날 산책을 마치고 돌아온 나는 그토록 단 한 번만이라도 다시 써보고 싶었던 생리대를 과감히 버렸다. 내 삶이 경계선에 와 있다는 걸 인정하는 순간이었다.

폐경 이야기가 뭐 자랑이라고, 이렇게 늘어놓고 보니 내가 변하긴 했다. 늙지도 젊지도 않은 세대, 오십 고개에 다다르고 보니 할 말이 많아진 게 사실이다. 그동안 내 가슴 깊숙이 숨어 있던 목소리들이 터져 나온다고나 할까.

지금 나는 폐경과 함께 인생의 노란 신호등 앞에 서 있다. 푸른 등에서 붉은 등으로 가기 전 잠시 비추는 노란 신호등. 간이역이나 다름없는 이 시기를 잘 견뎌야 한다는 생각이 든다. 그래야 앞으로 펼쳐질 인생 제2막이 행복할 것 같다.

아기가 되어 돌아온 남편

나는 늘 말한다. 남편에게 선택을 받은 것이 아니라, 내가 남편을 선택했다고. 남편은 나보다 다섯 살이 많다. 연애할 때부터 남편은 아버지와 같은 존재였다. 푸근함이랄까, 나의 모든 것을 품어 줄 것 같은 사람이었다. 평생 무지갯빛 허상을 좇아 보헤미안처럼 사셨던 아버지와는 달랐다.

어린 시절 아버지는 늘 부재중이었다. 야망이 컸던 아버지는 시골 바닥에서 자신을 죽이며 살 분이 아니었다. 그래서 젊은 시절 정치 판으로, 사업으로 휘휘 돌며 사셨다. 바람처럼 전국을 돌고 돌다 집 으로 돌아오는 아버지가 나는 영 낯설었다. 반면에 어머니는 해바라 기처럼 언제 올지 모르는 아버지를 기다린 지고지순한 아내였다.

나는 그 깊은 시골에 살면서도 독특한 이력을 가진 아버지 덕분에 팝송을 듣고, 빨간 스케이트를 신고 얼음을 지치는 특별한(?) 삶을 살았다. 하지만 늘 허전함을 느껴야 했다. 그 소나무 뿌리처럼 깊은 허기를 남편이 채워주리라 믿었다. 그리고 기대했다. 다행히 남편은 내 가슴속의 구멍을 어느 정도 채워주었다. 일 외에는 모든 것에 무심한 나에 비해 남편은 꼼꼼하고 세심한 성격이다 보니 그의 보호막 속에서 살아왔는지도 모른다.

그런데 그토록 든든했던 남편이 변했다. 완전히 딴사람이 된 것이다. 샤프하면서도 맑았던 눈빛은 왠지 흐리멍덩해 보이고, 원래 숱이 많은 머리는 아니었지만 대머리가 무척 심해졌다. 거기다 갑자기 온몸의 기운도 떨어진 것 같았다. 서리 맞은 배추처럼 축 처진 모습으로 내 앞에 서 있는 남편을 볼 때의 황당함이란! 어린 시절, 환갑을 맞았던 큰아버지가 생각났다.

내가 어릴 때 바로 윗집에 큰댁이 있었다. 아버지의 맏형인 큰아버지는 늘 위엄이 넘치는 분이었다. 홍길동처럼 동에 번쩍 서에 번쩍 분주하던 아버지와는 달리 큰아버지는 마을의 어르신으로 추앙을 받았다. 어느 날, 큰댁에 잔치가 벌어졌다. 무슨 잔치인가 싶었는데 바로 큰아버지의 환갑이었다. 어린 내가 환갑이 뭐냐고 물었더니, 큰어머니가 웃으며 말씀하셨다.

"이 땅에 태어나 예순 살이 되도록 건강히 잘 살게 해주신 것에 대해 조상에게 감사하는 마음으로 잔치를 여는 것이란다."

그날 먹었던 수수팥떡 맛과 큰어머니의 말씀이 지금도 귓가에 쟁

쟁하다. 그런데 내 남편이 어느덧 그 나이에 이른 것이다. 예순. 그리고 내년이면 환갑이라는 엄청난 나이에 다다른 것이다.

그래서인가 남편이 갑자기 아기가 되어 내 품으로 돌아온 것 같다는 생각이 들었다. 남자에게도 갱년기가 있다는 것을 몰랐던 나로서는 당황스러웠다. 아버지 같고 오빠 같았던 남편이 어느 날부터인가 나를 누나처럼 대할 때가 있었다. 뭐든 내게 물어보는 것은 물론이요, 심정적으로도 많이 의지하는 것 같았다. 오랫동안 사업을 해왔으면서도 최근 들어 몹시 힘겨워하는 것 같았다. 발 빠르게 여기저기 쫓아다니며 일을 추진하던 예전의 모습은 그 어디에도 없었다. 가만히 보니 소심해진 것 같기도 하고, 삐치기도 잘 했다. 예전에는 대범하게 잘 넘어가던 일도 꼬치꼬치 캐묻고, 그러다 여자처럼 토라지기라도 하면 속수무책이었다.

내가 폐경을 맞아 끙끙 앓고 있을 때 남편 역시 갱년기를 앓느라 힘들었던 것이다. 나는 나대로, 남편은 남편대로 서로 갱년기라는 힘든 산을 넘느라 헐떡이고 있었다는 걸 모르고 날카롭게 서로를 흔들어 댔다. 그래서 춥고 힘들었다.

어느 날 일을 마치고 돌아와 곤히 잠든 남편의 얼굴을 보니, 이미 중년을 넘어 노인의 얼굴이 되어 가고 있었다. 아니, 어린 시절 내 가슴을 파고들던 내 아들의 얼굴이었다. 가슴이 철렁 내려앉는 것 같았다. 평생 울타리로 믿어 온 사람의 실체가 너무도 연약한 존재로 나타나다니. 나도 힘든데 남편마저 비 맞은 새처럼 연약한 존재라니. 가슴이 짠했다.

'이대로 우리 인생이 막을 내리는 건가. 앞으로 어떻게 살아야 하는 거지'라는 생각에 불면증은 더욱 심해져 갔다.

알고 보니 이런 증상은 비단 나만 겪는 일이 아니었다. 어느 날, 모처럼 여자 동창들이 모인 자리에 나가 이야기를 들어 보니 사는 게 다 비슷했다. 아니, 나보다 더 심하게 마음고생을 하는 친구도 많았다. 그날 식사를 하며 나눈 이야기는 주로 '서리 맞은 배추가 되어 돌아온 남편'에 대한 내용들이었다. 한 친구가 속내를 털어놓자 봇물 터지듯 여기저기서 이야기가 터져 나왔다.

"젊어서는 시어머니 밥상 차리느라, 아이들 대학 가기 전까지는 간식에 야식까지 눈 붙일 새 없더니, 요즘은 퇴직한 남편 세 끼 밥 해대느라 허리가 휠 정도야. 밥 차리는 게 힘들어서가 아니라, 예전에 하던 대로 가만히 앉아 밥상 받으려는 심보가 밉다니까."

평생 살림만 하며 살아온 친구였다. 그 친구를 볼 때마다 대단하다 생각해 왔었는데 이제는 퇴직한 남편 시중까지. 휴, 절로 한숨이 나왔다.

"하늘 같던 남편이 퇴직하고 돌아오니 왜 그리도 영감탱이 같으냐. 허리도 구부정하고 밥 먹는 것도 패기가 하나도 없고. 정말 서글퍼. 팽팽하던 시절엔 밖으로만 돌더니 지금은 턱받이 한 어린애야."

턱받이 한 어린애 같은 남편이라는 말에 친구들이 모두 박장대소했다. 공감의 뜻이자 서글픈 웃음이었다.

"정년이 이 년이나 남았는데, 평생 목숨 바쳐 온 회사에서 후배들을 위해 물러나 달라는 주문을 받았나 봐. 밤새 끙끙 앓는 소리에 난 숨도 못 쉬겠더라."

그 말을 하는 친구의 어깨가 처져 보였다.

"남자들은 나이 먹어 가면서 왜 그렇게 점점 더 쪼잔해지냐. 어느 날은 냉장고 시찰까지 하더라. 시금치가 조금 상한 걸 보고는 불같이 화를 내는 거야. 평생 자기가 번 돈을 이렇게 허투루 썼던 것 아니냐며. 그뿐인 줄 아니. 가계부 안 쓴다고 난리, 난리⋯⋯. 내가 정말 더럽고 치사해서 못 살겠다. 퇴직하고 집에 있으면서 종일 잔소리니, 미치겠다."

평소에 가장 털털한 성격이라 우리 모임의 회장을 맡고 있는 친구가 툴툴거렸다. 모든 친구들이 고개를 주억거렸다. 여덟 명이나 되는 친구들 모두가 남편의 퇴직 이야기로 불이 붙었다. 그렇다. 나만 '아기가 되어 돌아온 남편' 때문에 가슴앓이를 하고 있었던 게 아니었다. 공감대는 형성되었지만 그렇다고 위로가 되는 것도 아니었다.

내 남편만이 아니라, 내 친구들의 남편들은 그야말로 '샌드위치 세대' 혹은 '낀 세대'로 살아온 사람들이다. 가난의 쓰라린 기억을 안고 오직 일만 하며 달려온 세대이기도 하다. 한국의 중년은 386세대와 한국전쟁 이후 태어난 베이비 붐 세대가 그 주축을 이루고 있다. 그들은 학교를 졸업한 후 재충전의 기회를 가질 겨를 없이 배터리가 다 닳도록 기계처럼 계속 일만 해왔다.

그런 우리의 남편들이 사회에서 '사오정', '철도 들기 전에 망령

난 세대' 등 패배자 취급을 받으며 하루아침에 사회로부터 고립되거나 직장에서 팽 당하고 돌아와 누님 같은 아내를 찾는 것이다. 그렇게 돌아갈 곳은 가정뿐인데, 그곳 또한 녹록지 않다.

친구들과 웃고 떠들면서도 한편으로는 씁쓸했다. 오십 고개를 넘은 여자들의 이야기 속에 대한민국 중년 남자들의 현주소가 적나라하게 드러났기 때문이다. 남편들이 밖에서 견뎌낸 시간을 모르지 않으면서도 힘 빠져 돌아왔다고 이토록 부담스러워해야 하다니. 마음 깊은 곳에서 바람 소리가 들려왔다.

세상이라는 전쟁터에서 은퇴하고 돌아온 남편과 이제는 한 공간에 거하며 같이해야 할 시간이 많아졌다. 서로 대책 없이 지내다 보면 평화는 사라지고 지옥이 될 것이 뻔하다. 부부 관계의 제2막이 펼쳐진 셈. 지혜가 필요한 때라는 생각이 들었다.

무엇보다 남편의 자존감을 높여주는 것이 우선일 것이다.

"당신이라는 울타리가 있어 나는 늘 든든했어요. 돈 벌기 위해 추운 겨울날 거리에 서 있지 않아도 되었고, 더운 날 땀 흘리며 일하지 않아도 되었죠. 그저 내 성취감을 얻기 위해 방송 일하고, 원고 쓰고, 공부할 수 있었던 것도 모두 당신 덕입니다. 그동안 당신이 경제적인 모든 부분을 맡아 주었기 때문에 가능했던 일이에요. 아이들 공부한 것도 마찬가지고요. 당신은 대단한 일을 한 거예요. 당신, 친구들 만났을 때 쭈뼛거리지 말고 밥값이라도 내세요."

많은 돈은 아니어도 가끔 주머니에 용돈을 넣어 준다면 남편의 기는 하늘까지 치솟을 것이다. 그런 날을 위해서 여자도 비상금이 필요하다. 비상금이 아니라면 남편이 손에 쥐어 준 퇴직금의 한 귀퉁이를 헐어서라도 남편의 주머니를 가끔씩 채워주어야 한다.

여기서 은퇴한 남자들에게 조심스럽게 말하고 싶은 것이 있다. 이제 더는 예전처럼 아내를 속박하거나 소유물로 생각해서는 절대 안 된다는 것이다. 물론 지금끼지 아내를 존중하며 살아온 남자들도 많다는 걸 알고 있다. 하지만 남편 때문에 평생 가슴에 상처를 안고 사는 아내들이 의외로 많다.

서로의 인생 제2막이 평화롭기 위해서는 남자들의 의식이 변해야 할 때다. 가정은 회사가 아니다. 누군가를 상사로 모셔야 하고 부하로 다스려야 하는 계급사회가 아닌 동등한 남과 여가 공존하는 세계다. 그 속에서 평화를 누리며 살아갈 수 있는 방법으로는 서로를 배려하는 마음이 우선되어야 할 것이다. 물론 남자들이 오랜 세월 세상이라는 무대에서 얼마나 애썼고 힘겨웠는지 잘 알고 있다. 그렇다고 은퇴 후 아내에게 혹은 자식에게 보상을 받으려고 하면 더욱 비참해질 것이다. 아내들 역시 오랜 세월 많은 것을 견디며 가정을 지켜왔기 때문이다.

어찌 되었든 갱년기 증후군으로 신음하느라 몸과 마음이 지쳐 있는 아내들에게 또 다른 복병이 생긴 셈이다. 사회로부터 팽 당한 남편들은 아내만큼은 당연히 자기편이란 굳건한 믿음을 갖고 있는 듯하다. 솔직히 말해 아내들 입장에서는 그렇게 돌아온 남편들이 안쓰러우면서도 부담스러울 때가 더 많다. 그동안 너무 데면데면한 사이로 살아오다 갑자기 좁은 공간 안에 같이 있으려니 힘든 것이다. 그래서 아내는 남편을 피해 바깥 모임에 적극적으로 참석하는 등, 지금까지의 삶의 패턴과는 완전히 판도가 바뀌는 현상이 일어난다.

남편은 광야와 같은 세상에서 가족의 위로가 필요한 때인데 온돌이 되어 줄 사람이 없으니 섭섭할 것이다. 반면, 아내는 이제 아이들 다 독립시키고 집안일로부터 해방되었나 싶은데 남편이 발목을 잡으니 못마땅한 것이다. 하지만 이 모든 것이 젊어서부터 진정한 소통을 이루며 살아오지 못한 결과라는 것을 인정해야 한다. 지금부터라도 엉킨 실타래를 조금씩 풀어 보는 것이 좋을 듯싶다.

우선 가슴에 있는 앙금을 퍼내는 작업부터 해보자.

"당신이 허구한 날 밖으로 돌 때 난 집에서 아이들 키우며 정말 힘들었어. 그때 이를 악물었지. 늙어서 보자. 내가 당신 아프고 힘들 때 눈 하나 깜짝하는지 두고 보라고. 애들만 독립시키면 나도 나대로 살 거라 다짐했어."

아내가 삭이지 못한 분노를 드러냈을 때 남편은 무조건 들어주시라. 절대 화를 내서는 안 된다. 물론 충분히 억울할 수 있다. 좁은 땅덩어리에서 베이비 붐 세대로 태어나 처자식 먹여 살리느라 힘들었다는 것도 안다. 몸이 아파도 술자리에 나가 앉아 있어야 했던 남자의 고충을 아느냐고 되묻고 싶을지도 모른다. 하지만 참아야 한다. 아니, 참아 주어야만 한다. 모든 것을 수용하는 마음으로 오랫동안 홀로 가정을 지켜 온 아내에게 진심으로 사과하고 감사하는 마음을 전해야 한다.

"정말 수고 많았어. 당신이 모든 걸 알아서 해주어 정말 든든하고 고마운 것 알고 있으면서도 표현 못 했어. 덕분에 우리 애들 다 잘 자란 것 정말 감사해. 지금부터 내가 당신한테 잘 할게. 회사에 헌신 봉사했던 것보다 더 충성스럽게!"

이렇게 마음을 전하는 말을 아내에게 겉으로 드러내어 열 번만 시도해 보시라. 그냥 행사처럼, 혹은 형식적으로 숙제하듯이 하는 게 아니라 진심을 담아 고백해야 한다. 기왕이면 양수리 샛강을 드라이 브라도 하며 전하면 더욱 효과가 클 것이다. 여자는 분위기에 약하니까.

내가 폐경기를 맞았듯이, 남편도 갱년기를 맞았다는 걸 알게 된 후에 새롭게 다가온 현실을 어찌 헤쳐 나갈지 고민하다가 한 가지 방법을 생각해 냈다.

"우리 적어도 일주일에 한 번은 산에 가요. 그동안 서로 바빠서 주말에도 얼굴 보며 밥 먹을 시간도 없었잖아요. 내가 김밥을 쌀게요. 산에서 내려오면 맛있는 것도 사 먹고 사우나도 갑시다."

남편이 제일 싫어하는 게 사우나라는 것을 알기에 조심스럽게 제의했다. 남편은 멍하니 나를 바라보았다. 말을 꺼낸 그 주에 당장 실천했는데, 몇 번은 마지못해 따라나서던 남편이 요즘은 지도를 손에서 놓지 않고 살피느라 바쁘다. 다음에 산행할 곳을 찾는 중인 것을 알기에 나도 모르게 미소를 짓게 된다.

우리는 무리하면 무릎도 아프고, 다음 날 힘들기 때문에 북한산 둘레길 정도를 걷고 있다. 걸으며 도란도란 이야기를 나누는 시간이, 옛날 연애하던 시절로 돌아간 것 같아 신선했다. 남편도 늘 분주하게 살던 때와는 달리 아내와 단둘이 오솔길을 걷는 게 좋은가 보다. 가끔 내게 야생화 이름도 묻고 하늘도 올려다보는 걸 보면.

덕분에 나도 처박아 두었던 숲에 대한 책을 꺼내어 읽는 시간이 늘었다. 야생화와 나무에 대해 미리 공부해 두었다 아는 척하는 재미가 꽤 쏠쏠하기 때문이다. 내가 수박 겉 핥기 식으로 접수한 지식을 나열하는 것도 모르는 채 남편은 칭찬을 아끼지 않는다. 그러다 보니 부부 전선에 흐르던 냉기도 조금씩 사라져 갔다. 부부가 함께 걷는 건 기대 이상으로 효과가 컸다.

어느 날 산에 올랐다 내려와 파전을 먹으며 나는 남편에게 한마디 건넸다.

"그래 여보, 이제 위를 향해 달리기보다는 아래를 보며 살아. 어깨에 힘 좀 줘봐. 젊었을 때 작지만 튼튼해서 뽀빠이라고 불렀다며? 지금까지 열심히 살아왔잖아. 욕심부리지 말고, 아프지 않으면 노후 걱정할 필요 없어. 이대로 감사해. 나 그렇게 당신 끝까지 믿고 의지하며 살게. 당신도 힘내."

여자 나이 오십,
봄은 아직 끝나지 않았다

가끔 생각한다. 나는 인생의 어느 지점쯤 와 있는 것일까? 라고. 원론적이긴 하지만, 수시로 내 자신에게 던지는 질문이다. 답이 없는 질문이자, 보이지 않는 나의 현실에 대한 답답함이다. 그럴 때 기분 전환을 쉽게 해주는 것이 영화다. 대학로에 살다 보니 산책하다가도 좋은 영화를 만나면 극장 안으로 들어갈 수 있어 좋다. 그 순간만큼은 오롯이 나만의 시간이다. 대형 스크린 속에 펼쳐지는 다양한 삶과 이국적인 풍경 등을 보고 있노라면 요동치던 가슴속의 바람도 어느새 고요히 잠들었다. 만 원이 주는 위안이자 행복이다.

그날도 산책을 하다가 〈호프 스프링즈〉라는 영화를 보았다. '호프 스프링즈(Hope Springs)'를 직역하면 '봄을 바란다'쯤이 될 것이다.

여주인공 케이는 남편과의 지루한 일상에 불만이 많다. 아내는 섹스리스로 사는 무색무취의 나날들이 지겹고 따분할 뿐이다. 남편은 섹스리스로 사는 것에 아무런 문제의식이 없을뿐더러 나이 먹었으니 당연한 일이라고 생각한다.

아내는 젊었을 때처럼 열정적이면서도 뜨거운 순간을 다시 맛보기를 갈망한다. 그런 아내의 마음을 남편은 전혀 모를 뿐만 아니라 간혹 아내가 의사 표현을 하더라도 무시하곤 한다. 오랫동안 같이 산 아내와 나이 들어서도 섹스를 한다는 건 있을 수 없는 일처럼 생각하는 무심한 남자다. 아내는 급기야 남편을 졸라 부부 클리닉을 찾아간다. 상담이 시작되면서 아내는 남편에 대해 적나라하게 털어놓는다.

"남편은 평생 바람 한 번 안 피우고 정석대로 살아온 사람이에요. 그건 고마워요. 하지만 나이 들어 가며 모든 것에 너무 무심해요. 그게 화가 나요."

남편은 그런 아내가 이해가 안 된다며 거꾸로 의사에게 하소연을 한다. 아내 케이는 남편을 향해 이렇게 절규한다.

"난 늘 앞으로의 행복만을 바라보고 살아왔어. 결혼하면 행복하겠지. 애 낳으면 행복하겠지. 애들 독립하면 오순도순 살 수 있겠지. 하지만 이제는 더 바라볼 것이 없는데, 난 아직도 행복을 꿈꾸는데, 이렇게 빈껍데기로 살아야 돼? 난 행복할 권리도 없어?"

즉, 지금의 행복을 원하는 자신과는 달리 남편은 미래의 행복을 말하지만 케이는 뜬구름 잡듯 그건 허상이었다고 한다. 나는 아내 케이의 말에 적극 공감하는 마음으로 다음 장면을 기다렸다. 이 부부의 이야기를 경청하던 의사가 숙제를 내주었다.

오늘 밤 껴안고 자기, 애무하기, 섹스하기

삼십일 년을 같이 산 부부. 각방을 쓴 지 오래인 이 부부에게 의사가 내준 숙제는 그 어느 것보다 힘든 과제였다. 특히 열정의 꽃을 피우기엔 너무 늦었다고 생각하는 무심한 남편에게는 더욱 그랬다. 이 땅의 남편 중에도 의외로 영화 속의 남편처럼 생각하는 사람들이 꽤 있을 거라 생각한다. 심지어 '가족끼리 섹스하는 거 아니야'라며 농담처럼 말하는 사람도 있다.

아내 케이는 달랐다. 지금도 여전히 여자이길 바라며 뜨겁지는 않아도 남편으로부터 사랑받고 있음을 느끼고 싶어 했다. 이는 여자라면 누구나 마찬가지 아닐까. 반드시 행위를 원하는 것이 아니다. 살과 살이 맞닿는 촉감만으로도 충분히 행복감을 느끼는 게 여자의 마음이다. 손만 잡고 있어도 가슴이 따뜻해지는 순간을 남자들은 잘 모르는 것 같다.

어설프면서도 어색하고, 때로는 민망한 장면이 연출되면서 급기야 나이 들어 가는 남편과 아내는 서로에 대해 새로운 열정을 갖게 된다. 껴안는 것조차 힘겨워하던 부부가 결국은 하나가 된다.

그 장면은 결코 야하지도 뜨겁지도 않다. 인생의 희로애락과 함께 짐승의 시간을 함께해온 부부만이 느낄 수 있는 공감으로 서로를 안는 순간이기에.

은빛 물결 출렁이는 남편의 가슴에 안긴 케이의 모습은 쓸쓸하면서도 애틋했다. 특히 나이 들어 감을 인정하면서도 결코 여자이기를 포기하지 않는, 다시 인생의 봄을 느낄 수 있기를 갈망하는 아내 케이의 열망이 귀여우면서도 절절한 영화였다.

오랜만에 친구들과 만나 밥을 먹으며 은근슬쩍 이 영화 이야기를 꺼냈다. 아내 케이가 보이는 증상에 대해 다른 친구들은 어떨까 싶었다. 솔직히 말하면 그들의 침대 이야기가 궁금했는지도 모른다. 서로가 살아가는 모습을 대략 알지만 침실 이야기까지는 해본 적이 없었다. 그저 그동안 표현한 걸로 봐서 대충 짐작할 뿐 그들만의 은밀한 부분은 알 수가 없었다.

"나이 먹어서도 남편에게 매달리는 여자가 정말 이해가 안 돼. 난 남편이 곁에 올까 봐 아예 장막을 치고 산 지 꽤 됐어. 귀찮게 왜 아직도 그런 감정에 휘말리는 거야?"

평소에도 남편과 각방 쓰는 것을 자랑처럼 말하던 친구가 걸걸한 목소리로 말했다.

"맞아. 난 젊어서도 남편이 슬금거리며 다가오는 게 싫었는데, 오십 넘어서까지? 생각만 해도 귀찮아."

의외로 맞장구를 치는 친구가 많았다. 난 속으로 저렇게 말하는 것이 진심인지, 아니면 동방예의지국에서 자란 탓에 이불 속 이야기는 숨겨야 한다는 말에 철저히 순응하며 사는 것인지 헷갈렸다. 여자들은 가끔 속내와 다르게 말할 때가 있다는 것을 알기에.

"난 영화 속 주인공의 심정을 충분히 이해해. 반드시 섹스를 해야 한다는 것이 아니라 나이 먹을수록 외로움을 이기는 방법은 스킨십이라고 생각해. 난 남편과 잘 때면 지금도 꼭 손잡고 자는데, 좋아. 평생 함께해온 시간에 대해 감사하고…… 우리 아이들 잘 키워서 내보내고 둘만 달랑 남아서 같이 한 이불 속에 누웠다는 것만으로도 감사하거든. 부부가 서로 껴안아 주지 않으면 누가 그 공허한 가슴을 채워주니."

전문직에 오랫동안 몸담고 계속 공부를 했으면서도 결국은 군 장교인 남편을 내조하기 위해 자기 일을 그만두었던 친구가 조용히 말했다. 유난히 부부 금실이 좋은 친구다. 아직도 소녀처럼 수줍은 미소를 머금은 채 자기 속내를 말하는 모습이 귀여웠다. 영화 속의 케이처럼.

가만히 앉아서 친구들의 말을 듣고 있던 한 친구가 무겁게 말문을 열었다.

"지금까지 나는 한 번도 부부 관계를 내가 원해서 했던 적이 없었어. 남편의 명령이 떨어지면 순종할 뿐이었지. 지금은 그 명령이 없어서 얼마나 좋은지. 어쩌면 지금이 내 인생에서 가장 편안한 때인지도 몰라. 남편의 성욕이 줄고부터 난 밤이 무섭지 않게 되었어. 너희들은 이해하지 못할 거야. 사랑이 있을 때 스킨십도 바라게 되는 거 아닐까?"

친구의 말에 찬물을 끼얹은 듯 주위가 조용해졌다. 그녀는 어려서부터 매우 의존적인 편이었다. 막내로 자라서인지 어려서는 부모에게, 커서는 이성에게 모든 걸 의지해야만 안정을 찾았다. 그런데 결혼을 무뚝뚝하기로 소문난 경상도 남자와 했다. 지금까지 그 친구의 남편을 꽤 여러 번 보았는데 단 한 번도 소리 내어 웃거나 대화에 동참하는 걸 본 적이 없다. 내 친구는 점점 더 주눅 들어 가고 얼굴에 늘 그늘이 있었다. 남편이 동반자는커녕 독재자이다 보니 평생 눈치를 보며 살아온 것이다. 퇴직하고 나면 조금 나아질까 싶었지만 여전히 그는 폭군이라며 쓸쓸히 웃던 이유를 알 것 같았다. 그런 아픔이 있는 줄 몰랐던 것이 미안했다.

실제로 오십 세가 넘으면 여성은 여성호르몬이 감소하고, 남성은 남성호르몬이 서서히 감소한다고 들었다.

《킨제이 보고서》에 보면 오십 세가 된 사람 중 성생활을 유지하는 사람은 97퍼센트이고 그중 여자는 93퍼센트라고 한다. 놀라운 수치 아닌가. 앞에서 이야기했듯이, 내 친구들 중 절반이 부부 관계를 안 하며 사는 걸 당연히 여기는 실상에 비하면 말이다.

오래전 상영되어서 장안의 화제가 된 〈죽어도 좋아〉라는 영화를 보면 칠십이 넘은 노부부도 (물론 인생 제2막에서 새로이 만난 커플이긴 하지만) 낮거리까지 즐기며 꾸준히 성생활을 한다. 영화 속 할머니의 수줍은 미소 속에는 은밀한 행복을 누려본 자만이 알 수 있는 미묘한 표정이 감춰져 있다.

전문가나 주위의 또래들 이야기를 들어 보면, 스킨십이 없는 부부보다는 손이라도 잡고 자는 부부가 훨씬 여유롭고 푸근해 보이는 것은 사실인 듯싶다. 영화에 나오는 것처럼 섹스를 숙제처럼 반드시 할 필요는 없다. 하지만 따뜻한 눈빛으로 주고받는 스킨십은 삶의 윤활유이자 원동력이 될 것이다.

나 또한 영화 속의 케이처럼 남편과 끝까지 한 침대를 쓰고 싶다. 젊었을 때만큼 열정적이지는 않더라도 서로 등이라도 긁어 주면 좋지 않을까. 아니, 솔직히 말해 시들어 가는 몸을 바라보며 한숨만 쉬기보다는 물도 주고 향기도 뿌리며 꽃밭을 일궜으면 좋겠다. 화려한 장미는 아닐지언정 은은한 향내 풍기는 백합꽃 정원은 가꾸며 살고 싶다.

아름다운 중년의 성은 서로 함께 터놓고 헤쳐 나가야 할 즐거운 숙제여야 한다. 남편들은 아내가 영화 속의 케이처럼 죽는 순간까지 생동하는 봄처럼 따뜻함을 누리며 살고 싶어 한다는 것을 잊지 않았으면 좋겠다. 아내들 역시 부드러운 말 한마디와 손길이 아기가 되어 돌아온 남편들의 기를 살리는 방법이라는 것을 안다면, 오늘 밤 집안 분위기는 봄날의 햇살처럼 온기가 돌 것이다.

오십 이후의 성은 몸이 아닌 마음을 나누는 행위다. 당연히 횟수나 오르가슴이 문제가 될 수 없다. '함께함'의 기쁨을 누릴 수 있다면 버거워할 필요가 없다.

"성적 욕구가 없어지면서 인생 전반에 대한 생기도 잃어버렸다"고 했던 철학자 쇼펜하우어의 말이 새삼 가슴에 와 닿는다.

여자가 곰국을 끓일 때

새해를 맞으면서 뭔가 나 자신을 위한 이벤트를 마련하고 싶었다. 그래서 떠난 여행이 '한라산 정상에서 눈꽃 만나기'였다. 다행히 우리 집은 음력설을 쇠는 터라 떠나기가 수월했다. 해외여행처럼 많은 준비가 필요치 않아 등산화와 두꺼운 옷 몇 벌만 가방에 챙겨 넣었다. 공항에서 비행기를 기다리는데 아줌마 몇몇이 모여 웃음꽃을 피우고 있었다. 슬며시 다가가 그들을 자세히 살펴보았다(나는 평소 나와 상관없는 사람들일지라도 꼼꼼히 살펴보며 상상의 날개를 펴는 걸 좋아하는 편이다). 옷태나 얼굴의 주름 등으로 보아 분명 오십 대 중반은 되어 보였다. 거리낌 없이 웃어 젖히며 목청껏 수다를 떠는 모습만으로도 무서울 게 없는 세대라는 걸 금방 알 수 있었다.

제주도는 비행기 안전벨트를 맸다 풀면 될 만큼 짧은 거리에 있다. 공항에 내려 예약해 놓은 숙소에 짐을 푼 뒤, 다음 날 등반에 대비해 단단히 준비를 해놓고 잠을 잤다.

　이윽고 한라산 등반하는 날 새벽이 다가왔다. 나는 안나푸르나 설산도 트레킹을 했지만 한국에서의 설산 등반은 처음이라 긴장이 되었다. 아이젠을 신고 오르는 산행은 예상보다 훨씬 힘들었다. 중간쯤을 오를 때에는 괜히 왔나 싶었다. 아니나 다를까, 한라산 정상으로 오르는 입구에 가니 눈보라가 앞을 가렸다. 산을 오르는 사람들도 별로 눈에 띄지 않아 더욱 불안했다. 하지만 설산의 풍경만큼은 최고였다. 힘든 만큼 눈꽃 세상이 주는 기쁨은 컸다. 솔직히 말해 히말라야 안나푸르나의 설산보다 내 나라 내 땅에서 만나는 설산의 아름다움이 더 컸다. 무엇보다 온갖 나뭇가지에 핀 눈꽃은 세계 어느 곳의 눈꽃보다 아름다워 보였다.

　아이젠을 신고 백록담 정상까지 오르는 데에 네 시간 정도가 소요되었다. 정상에 올라 온통 눈 세상인 아래를 내려다보는데 어디선가 목소리가 들려왔다.

　"정말 멋있다! 우리 나이에 아이젠 신고 한라산 정상까지 오른 사람이 몇이나 될까? 역시 진주여고 파이팅이다!"

　전날 공항에서 보았던 아줌마들이었다. 마치 내 동창을 만난 것처럼 반가웠다. 나도 모르게 미소를 지으며 손을 흔들었다. 그중 제일 씩씩해 보이는 아줌마가 선뜻 내게 말을 건넸다.

　"멋지죠! 힘들게 올라온 보람이 있지요? 어디서 왔습니까?"

무엇부터 대답해야 할지 몰라 내가 말없이 웃기만 하자, 이번에는 옆에 있던 뚱뚱한 아줌마가 시원시원하게 말했다.

"여고 동창끼리 왔는데 좋네요. 가족하고 여행할 때와는 차원이 달라요. 우리가 여고생처럼 보이지는 않나요? 하하하."

길쭉한 입담으로 보아 밤새워 이야기를 나누어도 지치지 않을 것 같았다. 혁혁대며 올라오는 젊은이들 못지않게 힘이 넘쳐 보였다. 아줌마들은 내게 땅콩이며 초콜릿 등 간식을 내밀었다. 눈꽃 속에서 눈처럼 맑은 하얀 선물을 받으니 절로 기분이 좋았다. 제주도는 넓지 않은 곳이라, 그 아줌마들을 우도에서 한 번 더 만났다. 우리는 서로 하이파이브라도 할 듯이 반갑게 인사를 나눴다. 하하 호호 웃고 떠들며 여행을 즐기는 아줌마들의 모습에서 흘러넘치던 '자유의 냄새'를 지금도 잊을 수 없다.

고급 음식점이나 교외의 분위기 있는 레스토랑에 가면 손님 대부분이 아줌마들이다. 그들에게서 흘러나오는 자유의 냄새는 어떤 의미일까. 그건 어쩌면 지금까지 억눌리고 자유롭지 못했던, 자기 안에 갇힌 시간의 강을 건너왔음을 반증하는 것일지도 모른다.

지금은 여성 상위 시대라 내가 하는 말이 서랍 속에서 꺼낸 구닥다리처럼 느껴질지도 모른다. 지금 중년의 강을 건너고 있는 여성들은 대부분 결혼과 함께 틀 속에 갇혀 사는 경우가 많았다. 남편의 그림자로, 아이들의 엄마로, 시댁 눈치를 살피며 살아왔다고 해도 과언이 아니다. 자기를 들여다볼 여유 없이 살다 보니 어느새 머리에 살구꽃이 피어나고 말았다.

전공을 살려 일을 놓지 않고 살아온 여성 또한 마찬가지다. 오히려 전업주부보다 더 헉헉대며 살아왔는지도 모른다. 일을 하기 때문에 자녀교육 문제 등에 더욱 신경을 써야만 했던 이중의 고통을 누가 알랴.

내 삶만 해도 그렇다. 시어머니와 함께 살면서 일도 하고 아이들도 키우다 보니, 내 인생에 있어 삼십 대와 사십 대가 없었던 것 같다. 그때 내가 뭘 하며 살았나 물어보면 딱히 대답할 게 없다.

"그냥 열심히 앞만 보고 달려왔을 뿐이에요. 그 시간 속에는 내가 없어요. 단지 가족만이 있을 뿐이지요. 가족을 위해 내 전부를 투자한 것 같아요."

이 말이 나만의 대답은 아닐 듯싶다.

여자 나이 오십이 되면 어느 정도 숨을 돌릴 수 있게 된다. 아이들이 대학에 가거나 졸업에 취직까지 하게 되면서 생긴 여유로운 시간. 진정 자유로운 나이가 된다. 제주에서 만난 여고 동창생들의 얼굴에 깃든 해방의 전사 같은 표정으로 말이다. 그만큼 자유가, 친구들과의 오붓한 시간 속에서 자기를 찾는 시간이 즐거운 것이다. 얼마나 오랫동안 꿈꾸며 기다려온 시간인가.

무엇보다 자녀들이 취직을 하면 완전히 엄마 품을 떠난다. 같은 집에 살아도 얼굴 마주칠 시간조차 없다. 그럴 때 가슴에 스며드는 외로움과 허허로운 마음을 풀어 줄 것이 그 무엇도 없다. 젊어서부터 자신을 재충전하는 법을 배우지 못했기 때문이다.

영화 〈먹고 기도하고 사랑하라〉처럼 젊었을 때 홀로 여행이라도 떠나 확고한 자기 자신을 만들어 왔어야 했다. 그래야 중년이 되어 가족이라는 거대한 책임으로부터 자유로워졌을 때 진정 자신을 위해 시간을 활용할 수 있는 것이다.

　리즈는 서른한 살의 패기만만한 저널리스트다. 안정된 직장, 번듯한 남편, 맨해튼의 아파트까지 모든 것이 완벽해 보이지만 슬금슬금 회의가 든다. 다람쥐 쳇바퀴 돌듯 늘 같은 삶이 권태로웠던 것이다. 진짜 내가 원하는 삶은 무엇인가. 리즈는 용기를 내어 지금까지 살아온 인생이라는 틀을 과감히 벗어버리기로 한다. 그러고는 혼자만의 여행을 떠난다. 이탈리아에서 신나게 먹고, 인도에서 뜨겁게 기도하고, 발리에서 자유롭게 사랑하는 동안 진정한 행복을 느끼는 리즈. 서른한 살의 그녀는 진정 자신이 살고 싶은 삶은 무엇인가에 대해 진지하게 생각해 본다.

　이 영화를 보면서 삶은 훈련이라는 생각을 다시 한 번 하게 되었다. 중년이 되어 마땅히 갈 곳이 없어 외곽으로 벗어나는 아줌마들이 영화의 주인공 리즈처럼 젊은 시절부터 자기를 찾는 여행의 시간을 가졌더라면 어땠을까. 여행은 세상에 대한 시야를 넓혀줌과 동시에 여유라는 선물을 덤으로 준다. 여행에서 돌아오면 어제와 똑같은 삶일지언정 좀 더 여유롭게 바라볼 수 있다. 여행에서 얻은 에너지로 충만하기 때문이다.

　"난 아내가 곰국 끓일 때 가장 두렵다."

　어느 모임에서 오십 대 후반의 남자가 자못 심각한 표정으로 말했다. 그는 지나가는 말처럼 했지만, 농담으로만 들리지 않았다. 나부터도 그렇다. 단 하루 집을 비우더라도 다음 날 먹을 국거리부터 걱정하게 된다. 해외여행을 떠날 경우는 더욱 그렇다. 내가 집을 비운 사이 가족이 먹을 밑반찬과 곰국을 끓이는 것은 사랑의 표현이다.

오래전 몽골의 홉수골로 여행을 떠났을 때의 일이다. 처음으로 남편과 동행하지 않은, 혼자만의 해외여행이었다. 떠나기 일주일 전부터 남편 속옷에서부터 와이셔츠, 넥타이 등을 잘 챙겨 놓았다. 커다란 들통에 곰국도 한가득 끓여놓은 뒤, 일상으로부터 탈출하는 기분으로 비행기에 올랐다.

그런데 여행 도중에 만난 한 소설가의 말이 참으로 인상적이었다. 그녀는 나보다 열 살 정도 나이가 많은 선배 작가였다. 이런저런 이야기를 나누던 중에 내가 남편 옷을 챙긴 일이며 곰국을 끓여놓고 온 일을 말했다. 그러자 그 선배 작가가 나를 연민의 눈으로 바라보며 말했다.

"처음 혼자 집 떠난 거 맞죠? 지금은 내가 없으면 온 가족이 굶거나 아무것도 못 하고 엉망이 될 거라고 생각할 거예요. 그런데…… 아닐걸요. 가족들은 의외로 잘 먹고 잘 살아요. 그러니 염려하지 말고 나만의 시간에 집중하세요. 지금을 즐기라고요."

나는 뒤통수를 얻어맞은 기분이었다. 설마!

"정말 그럴까요? 선배님은 집 떠나오면 저처럼 불안하지 않으셨어요?"

나의 질문에 선배는 메마른 나뭇잎처럼 쓸쓸한 미소와 함께 대답했다.

"나도 마찬가지였지요. 하지만 습관이 중요하다는 걸 점점 더 실감해요. 엄마 자리, 아내 자리가 비어 봐야 소중한 걸 알아요. 이제는 여행 떠나도 곰국 안 끓여요. 우리 식구도 곰국이라면 보기만 해도 질린대요."

하하 웃으며 이야기했지만, 그 말속에서 많은 의미와 경륜이 느껴졌다. 실제로 몽골 여행에서 돌아와 보니, 우리 가족 역시 나의 부재에 대해 그다지 불편함을 느낀 것 같지 않았다. 다행이다 싶으면서도 씁쓸했던 기억이 아직도 생생하다. 하지만 나는 지금도 국내든 해외든 여행을 가게 되면 곰국을 끓인다. 아직 내게는 그냥 떠날 배짱이 없는 것 같다.

해외여행을 하는 여자들 얼굴에 빛나는 광채! 그것은 삶의 굴레에서 벗어난 자유이자 에너지가 넘쳐흐르는 빛이다. 그 힘을 다시 돌아와 가족을 위해 쏟을 걸 생각한다면 여행은 보약이 아닐까. 그럼에도 아내가 곰국 끓이는 순간을 두려워하기만 할 것인가!

남편들이여, 아내가 곰국 끓이는 걸 두려워하기보다는 박수를 보내주시라.

"여보, 오랜 세월 정말 애썼어. 친구들과 즐겁게 놀다 와. 지금까지 쌓인 당신 안의 모든 것들을 훌훌 털어버리기 바라. 당신이 지켰던 집, 이제 내가 지킬게."

곰국을 끓이는 여자는 재충전을 꿈꾸는 중이라는 걸 남자들이 알았으면 한다.

창밖에 눈발이 휘날린다. 내 어린 시절의 아버지처럼 배낭 하나 달랑 메고 어딘가로 떠나고 싶은 날이다. 아무래도 곰국을 끓여야 할 시간이 된 듯싶다.

새로운 가족이 생겼어요

"엄마, 아빠……. 저 결혼할 거예요, 올가을에!"

농담인 줄 알았다. 질풍노도의 길을 지나온 동생과는 달리 늘 모범생이었던 큰아들이 어느 날 선전포고를 해왔다.

"결혼이라니? 네가? 아직 학교도 졸업 안 했잖아. 졸업하고 사회생활도 해보고 그런 뒤에……."

"저도 잘 알아요. 하지만 사람마다 각기 사정이 있는 거잖아요. 올해 결혼하지 않으면 사랑하는 사람을 잃을지도 몰라요."

그 사정이라는 게 네 살 연상인 여자 친구 이야기였다. 솔직히 한 번도 본 적 없는 큰아들의 여자 친구가 야속했다. 하지만 자식을 이기는 부모는 없는 법. 생각해 보니 큰아들은 한 번도 자기주장을 내게 강요

했던 적이 없었다. 사리 분별이 명확하고 누구보다 반듯한 아들이 택한 여자라면, 나이가 좀 많은 게 무슨 대수랴 싶으니 마음이 한결 가벼워졌다. 실제로 아들의 여자 친구를 만나보니 내 걱정이 기우였다는 걸 금방 알게 되었다.

결혼 날짜를 잡고 나서도 생각이 많았다. '내가 벌써 시어머니? 나를 이렇게 빨리 늙은이로 만들다니!' 혼자 산책을 하며 중얼거리기도 하고, 하늘을 향해 질문을 던지기도 했다. 그래도 실감이 나지 않았다. 오십이라는 힘든 고개를 넘으며 겪어야 할 일들이 내 앞에 성큼 다가온 것이다. 받아들이고 싶지 않지만 결국은 인정해야 하는 현실이었다.

시간이 쏜살처럼 빠르게 지나 큰아들은 결혼을 하고 얼마 뒤 졸업과 동시에 취직을 했다. 아들이 부쩍 성숙해 보였다. 내게는 철부지로만 보이는 아들이 한 여자의 남편으로서 자리매김을 해나가고 있었다. 무엇보다도 아들보다 먼저 사회 경험을 쌓은 며느리 덕분에 훨씬 빨리 안정되어 갔다.

그때까지만 해도 나는 '시어머니', '며느리'라는 말을 입 밖에 소리 내어 말하지 못했다. 영 낯설었다. 내게 맞는 호칭이 아닌 듯싶었다. 직장 때문에 본가와 멀리 떨어져 사는 아들 내외와는 얼굴을 맞댈 기회조차 없었다. 서운하면서도 한편으로는 다행이다 싶었다.

어느 날, 아들에게서 또 다른 통보가 날아들었다.

"엄마, 곧 할머니가 되실 거예요."

며느리의 임신 소식이었다. 아주 솔직히 말해서 기쁘다기보다는 뭔가에 홀린 듯했다. 누군가 장난을 치는 것 같기도 하고. 아들과 며느리에게는 미안한 일이지만, 내 일이 아닌 영화 속 한 장면 같았다.

"며느리가 임신했다는 말을 듣는 순간, 경도가 딱 끊겼어요!"

어느 선배가 했던 말이 섬광처럼 지나갔다. 그 말 속의 깊은 의미를 알 수 있을 것만 같았다.

'나는 이제 정말 여자가 아니구나, 여자여서도 안 되고. 그냥 할머니로 살다 죽어야 하는 건가.'

극단적이긴 하지만, 솔직한 심정이었다. 하지만 손자의 앙증맞은 손을 잡는 순간, 이런 생각은 흔적도 없이 잊고 말았다. 예쁜 손자가 방긋 웃어 주면 세상 그 무엇도 부러울 게 없었다.

나는 꽤 성취욕이 강한 편이다. 무엇보다 문학에 대한 열정과 작가로서의 명성을 얻고 싶은 욕망이 컸다. 그 길을 가기 위해 매일 벽돌을 쌓는 심정으로 나아가고 있다. 그런 나였건만, 손자가 오는 날이면 읽던 책이며 쓰던 글도 뒷전이고 오직 아이만 눈에 들어왔다.

신생아인 손자를 위해 먼지 하나 없이 집 안 구석구석을 쓸고 닦는 일이 우선이었다(바쁘다는 핑계로 평소에 나는 청소를 잘 안 하는 편이다. 그저 발 디딜 틈만 있으면 그대로 잘 지낸다). 혹시 면역력이 약한 아기가 병에 걸리면 어쩌나 싶어 이불도 빨고, 수저며 밥그릇 따위를 삶는 등 분주하다. 그 순간만큼은 나는 글 쓰는 사람이 아닌, 오직 한 아이의 할머니일 뿐이다.

"내가 이 땅에 와 가장 나로 완성된 삶을 사는 순간을 주어서 고맙다, 아가야."

결혼하고 처음 맞는 며느리의 생일 카드에 내가 쓴 글이다. 그 당시 내 마음을 가장 적절하게 표현한 문구다. 진심이었다. 부족한 내 아들을 성장시켜주었을 뿐만 아니라 눈에 넣어도 아프지 않을 만큼 예쁜 손자를 낳아 준 며느리가 너무도 예쁘고 고마웠다. 처음에는 낯설기만 했던 '시어머니', '며느리'라는 말도 손자가 태어나면서 자연스럽게 느껴졌다.

나는 아들을 장가보내면서 결심한 것이 있다. '절대로 시어머니 노릇은 하지 않겠다'는 다짐이었다. 젊어서 나는 눈에 콩깍지가 씌어 '외며느리'가 무엇을 뜻하는지도 모르고 덜컥 관문을 넘고 말았다. 형제자매가 많은 틈에서 자라느라 못 받았던 사랑을 어쩌면 외 아들과 결혼해서 채울 수 있으리라 기대했던 것도 같다.

나는 혹독하다 싶을 만큼 시집살이를 했다. 나의 정체성을 찾을 수 없는 삶 속에서 울다 지쳐 어느 날은 입이 돌아갈 지경이었다. 그 럼에도 버틸 수 있었던 것은 내가 이 삶을 선택했다는 자의식 때문 이었다. 내 자신의 선택이기에 굴복하고 싶지 않았다. 내 아들들에 게는 내가 어린 시절 받았던 상처를 주고 싶지 않아 피를 토하듯 인 생의 많은 고비를 참아 넘겼다. 그런 내가 시어머니가 되었으니 그 감회가 또 어떠랴!

"시집살이한 사람이 며느리 시집살이 더 시키더라"는 말을 귀가 따갑게 들었다. 나는 이 말에 절대 굴복하고 싶지 않았다. 나는 전통적인 시어머니상에 대한 이미지를 깨고 싶었다. 내 아픔이 너무 컸기에 내 아들만 믿고 사랑의 둥지를 튼 며느리에게 대물림하고 싶지 않았다. 무엇보다 나와 시어머니 사이에서 참으로 고독했을 남편의 고통을 아들은 겪지 않았으면 하는 마음이 컸다. 그럼에도 가끔 내가 '샌드위치 신세'라는 생각이 들 때가 있다.

며느리를 맞게 되면서 나는 정말 쿨한 시어머니가 될 수 있을까? 에 대한 생각을 많이 하게 되었다. 짧지만 그간 며느리를 대하면서 나름 정리해 본 나만의 철칙은 이렇다.

우선, 서로 솔직해야 한다. 서로에 대한 예의는 갖추되 속마음은 솔직 담백하게 털어놓을 수 있어야 한다.

나는 가끔 아기 옷을 백화점이 아닌 동대문이나 남대문시장에서 사 오곤 한다. 디자인도 예쁘고 옷감도 좋아 별문제 없다고 보기 때문이다. 주위에서는 이런 나를 염려의 눈길로 바라보았다. 왜 며느리에게 책잡힐 일을 하느냐며.

어느 날, 며느리에게 미리 준비해 놓은 아기 옷을 내밀며 말했다.

"면이 좋은 것 같아서 샀다. 애들은 금방 자라니 비싼 옷 입히는 것이 별로 의미가 없더라. 물론 외출복은 브랜드로 한두 벌 필요하겠지만."

나는 며느리에게 당당하게 말했다. 다행히 며느리 역시 같은 생각이라고 했다. 물론 시어머니 앞이니 인사치레로 한 말일 수도 있지만, 나는 진심이라고 믿었다.

"어머니, 너무 예뻐요. 면이 좋은 게 최고예요. 편해서 좋고요."

그 후로도 비슷한 경험이 많다. 예를 들면, 남편 생일 때 며느리가 밖에서 식사를 대접하겠다고 하는 걸 말렸다. 집에서 내가 간단히 음식 장만을 할 테니, 대신 생일을 맞은 남편에게 용돈을 준비하라는 식으로 말이다. 이렇듯 솔직하게 말하다 보면 서로 오해가 쌓일 이유가 없다고 본다.

어느 모임에서 내게 명품 선물이 최고라던 지인에게 며느리 이야기를 했더니 대뜸 하는 말이 놀라웠다.

"너 며느리 잘 얻은 줄 알아. 우리 같으면 면전에서 팽개쳤을 거다. 요즘 며느리들 모이면 시댁에서 받은 품목 갖고 으스대며 산다는데……. 애들 유모차도 백만 원이 훌쩍 넘는 거 사줘야 안색을 펴는 세상인데, 동대문표를 받고도 좋아한다니 진짜 신기하네."

나는 더 이상 할 말이 없었다. 세상이 아무리 변했다 해도 나는 시류에 끌려다니고 싶지는 않다. 나의 생각을 솔직하게 말했기 때문에 며느리 또한 내 마음을 이해한 것이라 믿는다.

또한 진짜 중요한 것은, 사생활 침해를 하지 않는 것이다. 아들과 며느리의 일거수일투족에 대해 깊이 관심을 갖지 말아야 한다. 그건 내가 지난 삼십 년간 뼈가 시리도록 경험하여 얻은 결론이다.

장가간 아들은 독립된 한 가정의 가장이다. '내 아들이 아니라 며느리의 남편'이라는 점을 잊지 말아야 한다. 아들의 삶에 깊이 관여하면 피곤하기는 서로가 마찬가지 아닐까. 장가간 아들은 이제 부모 품을 떠난 비둘기다. 그 새는 자기 모양대로 하늘을 날아야 하고, 수없는 날갯짓 속에서 자기만의 둥지를 틀어야 한다.

진짜 쿨한 시어머니는 말보다는 행동이 중요하다. 누구나 말로는 쿨한 시어머니가 될 수 있다. 하지만 막상 실천은 못 할 때가 많다. 나 역시 그럴지도 모른다는 생각에 늘 초심을 다잡으려 애쓴다. 그러기 위해서는 며느리를 진심으로 사랑하는 마음이 전제되어야 할 듯싶다. 내가 이 자리에 서고 보니, 나는 며느리가 진실로 사랑스럽다. 아직 미숙한 내 아들을 아껴주고 세워주며, 무엇보다 우리 집의 보석인 손자를 낳아 잘 키우는 모습이 아름답다.

며느리의 못마땅한 부분만 생각하고 있으면 무엇을 해도 마음에 들지 않을 것이다. 그래서 나는 무조건 긍정적인 눈으로 보기로 했다. 그렇지 않으면 나처럼 평생 고부간의 갈등으로 인생을 허비하게 될 테니까. 그건 정말 아니다. 그럴 수는 없다. 짧은 인생, 즐겁게 살다 가야 하는 것 아닌가.

중년으로 접어들면서 가장 큰 변화는 새로운 가족이 생긴 것이다. 그 관계를 어떻게 잘 이끌어 가느냐에 가족의 행복 지수가 달려 있다. 그러므로 나는 수시로 나에게 경고한다.

'너는 절대로 쿨한 시어머니가 되어야 한다. 네가 겪은 아픔을 되풀이하지 말자, 제발. 나 때문에 한 여자가 숨어서 눈물 흘리는 일은 없어야 해.'

황혼 이혼에 대한 단상

나이가 들면 부부 싸움을 한다거나 부부 문제로 골머리를 앓을 일이 없을 줄 알았다. 그런데 아니었다. 주위에는 여전히 부부 문제로 끙끙대며 살거나 급기야 황혼 이혼 이야기까지 나오는 경우가 있다. 겉으로 보아선 완벽한 가정 같지만, 실상은 모래성처럼 위태로운 김 선배를 보면 안타깝기만 하다.

수필가인 김 선배는 현모양처의 표본처럼 살아온 분이다. 잘생긴데다 능력까지 뛰어난 남편, 은행에 다니는 딸, 유학을 마치고 대기업에 다니는 연년생 아들을 둔 전형적인 모범 가정의 안주인이다. 오랫동안 문우로 만나 온 김 선배는 자기 속내를 쉽게 드러내지도 않을뿐더러 무엇이든 따라 하는 편이지 리더십을 발휘해 앞장서는 일이 없는 조용한 성품이다. 하지만 가끔 뒤풀이에서 폭음하는 모습을 볼 수 있었다. 그럴 때면 신음처럼 괴성을 질러대어 놀라게 했다.

그날도 문학 세미나 뒤풀이 자리가 있었다. 술이 어느 정도 들어가자 김 선배의 눈가에 물기가 서리기 시작했다. 나는 당황스러웠지만 내색은 않았다. 조용한 곳으로 자리를 옮겨 김 선배 가슴속에 응어리진 것을 들어주어야 할 것 같았다.

"황혼 이혼 어떻게 생각해요, 박 작가는?"

"무슨 일 있으세요?"

"평생 잘난 남편에게 무시당하며 사는 기분 알아요? 젊었을 때는 아이들만 크면 그 굴레에서 벗어나리라 생각했지요. 그런데 이제는 아이들까지 나를 무시해요. 아빠보다 더 노골적일 때도 있어요. 내가 설 자리가 없어요. 치욕스럽고요."

"남편이나 자식들과 솔직하게 대화를 해보지 그러셨어요?"

안타깝지만 원론적인 이야기밖에 할 수 없었다.

"벽과 얘기하는 게 나아요. 처음부터 기우는 결혼이었어요. 내가 남편을 좋아해서 쫓아다녔거든요. 집안도 기울고……. 지금 생각하면 진작 이혼했어야 했는데 싶어요. 남편은 결혼 생활 내내 다른 여자가 있었어요. 그걸 그냥 삭이며 살아왔는데 이제는 그렇게 살고 싶지가 않네요."

김 선배가 문학마당에 들어온 것도 자기 안에 쌓인 울분이나 분노를 풀어 낼 방도를 찾으라는 정신과 의사의 권유에 의해서였다는 사실을 그날 알게 되었다. 김 선배가 술에 취했을 때면 울부짖는 괴성의 정체를 알고 나니, 내 가슴도 아렸다.

예전 우리 어머니 세대는 무덤에 갈 때까지 참고 또 참고 가슴이 타들어 가도 한 남자의 아내로 살다 죽었다. 하지만 지금은 시대가 달라지지 않았는가.

신문이나 방송에 나오는 황혼 이혼의 실제를 곁에서 보고 나니 남의 일 같지 않았다. 황혼 이혼이라는 말을 들을 때마다 기왕 이혼을 하려면 젊었을 때 해서 새 하늘 새 땅에서 살아 볼 것이지 무슨 소리냐 했던 나의 말이 말장난처럼 느껴지는 순간이기도 했다. 각기 다른 남자와 여자가 만나, 젊음의 계절을 함께 보내고 인생의 가을인 오십 대에 이르러 황혼 이혼을 하려 하다니……. 그날 나는 일단 선배를 진정시킨 뒤, 지금까지 참았으니 조금만 더 참고 전문의 상담을 받아 보라고 권했다. 한동안 선배의 울부짖음이 귓가에 맴돌았다.

그런 일이 있고 나서 그 선배를 볼 때마다 가슴이 조마조마했다. 결국 황혼 이혼이라는 절차를 밟으면 어쩌나 싶어서. 다행히 아직껏 아무런 소식이 없다. 부디 새로운 계기를 마련해 부부가 같이 나이 들어 갔으면 하는 마음 간절하다.

이제는 세월이라고 불러도 될 기간을 우리는 함께 통과했지
살았다는 말이 온갖 경력의 주름을 늘리는 일이듯
세월은 넥타이를 여며주는 그대 손끝에 역력하지
이제 내가 할 말은 아침 머리맡에 떨어진 그대 머리카락을

침 묻힌 손으로 집어내는 일이 아니라

그대와 더불어, 최선을 다해 늙는 일이리라

우리가 그렇게 잘 늙은 다음

힘없는 목소리로, 임자, 우리 괜찮았지?

라고 말할 수 있을 때, 그때나 가서

그대를 사랑한다는 말은 그때나 가서

할 수 있는 말일 거야

- 황지우 시 〈늙어 가는 아내에게〉 부분

나는 이 시를 아주 오래전부터 음미해 왔다. 특히 "그대와 더불어, 최선을 다해 늙는 일이리라"라는 시구가 좋았다. 처음에는 혼자만 읽다가 나중에는 인쇄를 해서 남편이 볼 수 있는 곳에 두었다. 며칠이 지나도 무심히 지나치는 것 같기에 남편 코앞에 종이를 내밀었다.

"미래를 위한 진짜 투자!"

내가 선택한 사랑이고 사람이니만큼 함께 잘 살고 싶은 욕망이 크다. 험한 산도 많았고 중도에 포기하고 싶을 때도 있었지만, 잘 견뎌 왔으니 노년의 산은 풍요롭게 살고 싶다.

결혼 생활을 하면서 단 한 번도 이혼을 생각해 보지 않은 사람이 있을까? '다시 태어나도 지금의 배우자와 함께 살고 싶습니까?'라는 질문에 단 일 초도 안 걸려서 '아니요'라고 대답할 사람이 많을 것이다. 지상에서 만나 지지고 볶으며 살았던 사람과 또다시 부부의

연으로 만나고 싶지 않다는 답도 진실일 것이다. 물론 개중에는 단 한 번도 이혼에 대해 생각해 본 적이 없고 골백번을 다시 태어나도 지금의 남편이나 아내와 살고 싶다는 사람도 있다. 그런 사람들은 축복받은 인생이다. 박수 쳐주고 싶을 뿐만 아니라 내심 부럽기까지 하다.

나도 마찬가지지만 사람들이 이혼의 위기를 극복한 것은 가슴 안에 참을 인(忍) 자를 켜켜이 쌓으면서 살기 때문일 것이다. 그리고 천하보다 귀한 자식이 있기 때문에 쉽게 갈라설 수 없는 것이다. 미운 정, 고운 정, 치사한 정, 고마운 정이 쌓여 머리에 살구꽃이 필 때까지 살게 되는 것 아닐까.

늙어 가는 부부로 잘 산다는 것은 무엇일까? 쉬운 것 같으면서도 매우 어려운 질문이다. 젊은 시절도 마찬가지겠지만 부부 관계는 정원 가꾸기와 같다. 서로를 위해 얼마나 공들여 물을 주고, 풀을 뽑고, 사랑의 돌탑을 쌓느냐에 따라 달라질 수 있다. 그렇지 않아도 가을걷이 끝난 논바닥처럼 쓸쓸한 노년이 냉기마저 돈다면 정말 살맛이 안 날 것만 같다.

먼 훗날 이마에 주름살이 지금보다 훨씬 많아 볼품없어도 서로의 얼굴을 바라보며 '우리 삶도 나름대로 괜찮았지, 여보?' 하고 말할 수 있다면 더없이 좋겠다.

불타는 사랑, 다시 올까?

얼마 전에 친구 Y를 만났다. 그 친구는 일찍 이혼하고 그 뒤에 계속 공부하느라 바쁜 시간을 보냈다. 딸 하나를 키우면서 박사 학위 받고 대학 강단에 서기까지 얼마나 많은 노력을 했을지는 말하지 않아도 훤히 알 수 있었다.

서로 바빠서 오랜만에 본 친구의 얼굴이 많이 피곤해 보였다. 내가 조심스럽게 이유를 물었더니, "외로움에 찌들어서 그렇다"며 농담처럼 말했다. 나는 Y가 워낙 뛰어난 미모에 도도한 성품이라 외로울 것이라는 생각은 못 했다. 자주 만나는 사이도 아니다 보니 속내까지 들여다볼 수는 없었는데 꽤 힘든 것 같았다. 그날 Y는 그동안 한 번도 말하지 않았던 자기가 살아온 이야기와 내면의 쓸쓸함에 대해 담담하게 털어놓았다.

"얼마 전에 〈하비의 마지막 로맨스〉라는 영화를 봤는데…… 괜히 싱숭생숭해. 나도 더스틴 호프만 같은 남자를 만났으면 좋겠어. 죽기 전에 뜨겁게 연애 한번 해봐야 하는 거 아니겠니. 넌 친구가 곁에서 외로움에 절어 죽겠다는데 눈 하나 깜짝 않냐?"

그토록 당당하고 활기차던 모습은 간데없고 메마른 풀잎 같은 모습으로 Y가 말했다. 심각하다 싶었다. 나는 내심 미안하기도 하고 한편으로는 내가 뭘 어쨌기에 싶었지만 부드럽게 말을 건넸다.

"너도 외로웠니? 그동안 전혀 내색 없었잖아. 주위에 늘 남자들이 있을 것 같았어. 네가 전혀 말을 안 하니 몰랐지. 오랫동안 혼자 살면서도 씩씩하다 싶었거든."

Y가 나를 물끄러미 바라보았다. 무슨 말인가를 꺼내려는데, 그녀가 먼저 고백하듯 나지막한 목소리로 자기 속내를 털어놓았다.

"아이들한테 '지랄 총량의 법칙'이 있듯 어른한테는 '사랑 총량의 법칙'이 있다는 것도 모르냐? 난 아직 써 먹어야 할 사랑의 에너지가 남아 있다고. 이대로 늙어 갈 것을 생각하면 억울해서 어떤 날은 하얗게 밤을 새우고 만다. 넌 나의 이런 심정을 죽었다 깨어나도 모를걸."

친구와 헤어져서 돌아오는 내내 많은 생각을 했다. 우선은 '아직도 꽃피우고 싶은 열정이 남아 있구나!' 하는 생각이 들었다. 한편으로는 혼자 사는 친구의 외로움을 너무 몰랐던 것 같아 미안한 마음도 일었다. 남편이 있다고 해서 외롭지 않은 건 아니다. 둘이 있어도 외로운 것은 외로운 거다. 인간의 본질은 외로움 덩어리가 아닐까 싶을 정도로 매 순간 외롭다. 다만 겉으로 드러내지 않을 뿐이다. 오죽하면 '외로우니까 사람이다'라는 시까지 있겠는가.

하지만 혼자 살아온 친구의 고독은 빛깔이 좀 다른 것 같다. 나는 그날 〈하비의 마지막 로맨스〉리는 영화를 보았다.

뉴욕에 사는 영화음악 제작자 하비(더스틴 호프만 분)가 런던행 비행기에 몸을 싣는다. 하비는 오래전에 이혼한 아내와 함께 지내는 딸의 결혼식에 참석하기 위해 런던에 갔지만, 이방인 취급을 받게 된다. 딸은 친아빠인 하비보다는 새아빠의 손을 잡고 결혼식장에 들어가길 원했고, 전처 역시 하비의 방문을 그리 달가워하지 않는 눈치였다. 이 부분을 보며 부부는 역시 헤어지면 남이구나, 자식도 땀과 눈물과 기도로 키우지 않으면 자식이 아니라는 생각이 들었다.

졸지에 왕따가 된 하비는 고독한 모습으로 런던 거리를 거닌다. 그때 우연히 여주인공 케이트를 만나 속내를 털어놓음으로써 둘은 금방 소통하게 된다. 케이트는 젊었을 때 사랑하는 남자의 아이를 임신했으나 뜻하지 않게 유산을 했던 일로 트라우마를 갖고 있다. 이후 줄곧 혼자 살아온 케이트의 얼굴에는 외로움의 그림자가 짙게 깔려 있다.

케이트는 하비에게 런던의 이곳저곳을 친절하게 안내한다. 런던 거리와 해 질 녘의 템스 강변, 낭만적인 세인트 폴 성당과 서머싯 하우스, 모던한 느낌의 사우스뱅크 센터 등을 거닐며 데이트를 즐기는 중년의 남자와 여자의 모습이 아름다워 보였다. 무엇보다 눈부신 가을의 이미지가 중년의 사랑을 더욱 중후하면서도 아름답게 표현해 주었다. 이루어질 수 없을 것 같았던 두 사람이 우여곡절 끝에 죽는 순간까지 가장 멋진 연인으로 동행하기로 약속하면서 막이 내린다.

경륜과 배려가 담긴 중년의 푸근한 사랑 이야기를 보며, 나는 친구가 왜 '더스틴 호프만 같은 남자'를 만났으면 좋겠다는 말을 했는지 알 것 같았다. 중년의 사랑은 몸이 아닌 소통이다. 하비와 케이트도 영화 속에서 끊임없는 대화를 통해 소통을 이루어 나간다. 품을 떠난 자식, 혹은 자녀를 키워보고 싶은 열망에 대해, 중년의 고개를 넘으며 같이 늙어 가는 부모에 대한 부담감에 대해, 자연에 대해, 주변 사람들의 죽음에 대해……. 혼자 생각하는 것보다는 함께 대화를 나눌 때 더 큰 기쁨을 얻을 수 있다.

로저 미첼 감독의 영화 〈마더(The Mother)〉에서 욕망보다는 숙명적인 여성의 삶을 '늙은 여체'를 통해 보여주었던 것처럼 두 사람은 시들어 가는 몸에 대해서도 적나라하게 털어놓는다. 문학과 사회의 전반적인 흐름에 대해 서로의 지적 창고를 열어 보이면서 공감대를 형성해 가는 모습도 참 멋졌다. 결국 두 사람은 "더는 혼자 외롭고 싶지 않다"는 이야기를 나누며 사랑의 합일을 이룬다. 욕망을 멋지게 승화시켜 나감으로써 영원한 파트너가 된 것이다.

영화를 보며 오랫동안 혼자 살아온 친구 Y의 염원이 가슴으로 느껴졌다. 편안하게 내면의 모든 것을 털어놓을 수 있는 이성 친구. 그런 사람이 곁에 있기를 염원하는 마음은 싱글이 아니어도 누구나 가슴속에 품고 있는 바람이 아닐까. 하얀 눈이 펑펑 쏟아지는 날, 고독한 친구에게 불꽃 튀는 마지막 사랑을 나눌 사람이 나타났으면 좋겠다.

동안보다는 멋지다는 말이

여자 나이를 외모만으로는 절대 알 수 없는 세상이 되고 말았다. 하늘하늘한 원피스와 반짝이가 달린 샌들, 잘록한 허리와 긴 파마머리, 뒤태가 영락없는 삼십 대 여성이다. 얼굴을 보아도 나이를 가늠할 수가 없다. 주름살 없이 팽팽한 볼살에 전혀 처짐이 없는 눈매까지. 웬걸? 그녀의 실제 나이는 쉰두 살이란다. 실제 나이를 알고 나서 찬찬히 살펴보니 그제야 어느 정도 나이가 보인다. 맑지 못한 눈빛과 주름진 목이 연륜을 말해주고 있다. 내 주변에는 실제 나이보다 열 살은 더 젊어 보이는 여성들이 꽤 많이 있다. 대부분 자연미인이지만 간혹 의술의 힘을 빌린 경우도 있긴 하다.

K는 나와 아주 오랫동안 알고 지내는 사이다. 오래전 내가 방송

원고로 썼던 글을 책으로 내고 싶어 했던 편집자였다. 나이가 같다는 것만으로도 처음부터 우리는 서로 친근감을 느꼈다. 이런저런 이유로 그녀와 책을 함께 만들지는 못했지만, 아무튼 가끔 만나 밥도 먹고 정보도 나누며 지내는 사이가 되었다.

출판사 편집자들은 일터를 자주 옮기는 것 같다. 그녀도 자리 이동이 있을 때마다 나에게 연락을 해왔다. 그런데 만날 때마다 그녀는 변신에 변신을 거듭했다. 처음 시작은 쌍꺼풀 수술이었다. 눈이 작긴 했지만 귀엽다고 생각했는데 어느 날 연예인처럼 화려하고 큰 눈으로 변신했다.

"눈썹이 자꾸 찔러서…… 할 수 없이 직장 옮기기 전에 했어."

그때는 진짜 그런 줄 알았다. 내가 쌍꺼풀 수술을 하고 나서야 이 말이 변명이라는 것을 알긴 했지만(내 경우엔 정말 눈썹이 찔러서 의료 행위로 한 것이다, 믿거나 말거나).

어느 해 겨울이었다. 홍대 앞에서 출판사 편집자와 이야기를 나누고 있는데 누군가 내게 인사를 했다. 그것도 아주 친근한 목소리로.

"박 작가, 오랜만이네."

전혀 안면이 없는 것 같지는 않은데 딱히 누구인지 감을 잡을 수 없었다. 내가 가만히 있자 그녀가 목소리 톤을 높였다.

"나하고는 한 권도 안 내면서 다른 편집자들은 잘 만나고 다니네. 섭섭해."

이 말을 듣고 나서야 그녀가 K라는 것을 알았다. 연예인 뺨치는 외모였다. 내가 금방 그녀를 알아보지 못한 건 당연했다. 코는 물론

이고 도톰한 입술에다 양악 수술까지 한 것 같았다. 거기다 지방 흡입까지. 나와 같은 나이인데 십 년은 더 젊어 보이는 K를 보며 수많은 생각이 오갔다.

'역시 돈이 좋긴 좋구나. 미인은 태어나는 것이 아니라 만들어지는 것도 맞고. 진시황도 못 막았다는 노화도 대한민국 성형 수술이 정복했구나.'

그만큼 K의 변신은 놀라웠다. 그 뒤 얼마 지나지 않아 단둘이 식사할 기회가 있었는데 그때 그녀의 변신에 또 다른 이유가 있다는 것을 알게 되었다.

"나 재혼했어."

광고 계통에서 일하는 다섯 살 연하의 남자라고 했다.

"내가 혹 달린 돌싱이었잖아. 남편은 노총각이었고. 할 수 없이 대공사를 했지."

처음엔 대공사가 무슨 뜻인 줄 몰랐다. 대대적인 성형 수술을 뜻한다는 걸 알고 나서 한참 웃었다. 대공사라는 말이 맞다는 생각이 들었다.

"부작용은 없어? 기분은 어때?"

솔직히 나도 눈 때문에 안과에서 쌍꺼풀 수술을 자꾸 권하던 때라서 궁금했다. 게다가 남들 다 하는 쌍꺼풀 수술도 걱정이 되는데, 어떻게 그 많은 성형을 감행했는지 놀라웠다.

"예뻐지는 데는 돈과 용기와 모험심이 필요해. 성형도 발을 들여놓는 게 힘들지, 그다음부터는 중독이라는 말이 맞아. 나이 들수록 미모는 가꿔야 빛난다는 거 몰랐어?"

그 후로 K는 보톡스는 물론 필러 등등 새로운 시술을 거의 다 하는 것 같았다. 끝없는 도전에 만날 때마다 나는 그저 놀라움을 금치 못할밖에. 내가 쌍꺼풀 수술을 해보니 K가 더욱 놀라웠다. 쌍꺼풀 수술을 한 뒤에 사흘 동안 꼼짝 못 하고 누워서 끙끙 앓아야 했다. 거울에 비친 시퍼렇게 멍든 눈을 보니 소름이 돋았다. 원래 특이 체질이라 상처가 잘 아물지 않는 탓도 있지만 후회가 되었다. 쌍꺼풀 수술을 했다고 나의 미모가 업그레이드 된 것도 아니었다. 그 후로 나는 절대 몸에 칼을 대지 않을 것이라 다짐했다.

K의 성형 중독은 지금도 진행 중이다. 보톡스를 맞는 횟수도 늘어가고 피부에 가하는 시술 또한 날로 새로워지고 있다. 그녀의 성형을 향한 욕구는 끝이 없어 보인다.

진정한 미모는 내면이 아름다워야 한다는 말로 K를 정죄할 생각은 없다. 하지만 외모에 쏟는 시간과 돈이 너무 많다는 것이 문제라고 본다. 성형이 여자들의 자존감 회복에 큰 역할을 한다는 말도 맞다. 무엇이든 마찬가지지만 지나칠 때 문제가 되는 것이다.

나이 든 연예인들을 보더라도 알 수 있다. 성형 수술 없이 자연스럽게 나이 든 여배우의 얼굴을 볼 때는 그저 편안하다. 그녀의 주름진 미소 속에서 삶의 연륜을 읽을 수 있다. 반면에 어떤 여배우는 바라보는 것조차 어색할 때가 있다. 목은 쭈글쭈글한데 얼굴은 팽팽하고, 웃는 얼굴이 우는 것처럼 어색하다. 굳이 선풍기 아줌마 이야기를 꺼내지 않더라도 지나친 성형이 모든 것을 망치기도 한다는 걸 알 수 있다.

　성형 중독 못지않게 심각한 것이 '동안'에 대한 열망이다.
　"어머, 어쩜 그렇게 나이보다 젊어 보여요? 미스인 줄 알았어요."
　아줌마들에게 이 말은 달콤한 초콜릿이다. 어려 보인다고 하면 누구나 좋아하니까. 동안이라고 하면 누구나 입이 귀에 걸리는 것을 보면서, 여자는 다 같구나 싶을 때가 있다. 거기다 언론까지 부추긴다. 어느 텔레비전 채널에서 '동안 찾기 대회'를 하는 걸 본 적이 있다. 마흔 넘은 아줌마가 스무 살처럼 보이는 몸매와 얼굴로 우승을 했다. 문제는 인터뷰를 하면서 이런저런 질문에 이렇게 답하는 것이었다.
　"당연히 지금도 아가씨인 줄 알고 쫓아오는 남자가 많아요. 그때마다 기분이 우쭐해요."
　마흔이 넘은, 분명 남편이 있는 가정주부라면서 그 말을 하며 뿌듯해 하는 모습을 보니 씁쓸했다. 모래 위의 집처럼 그 여자의 동안이 위태로워 보였다. 젊어 보여서 어쩌겠다는 것인지. 건강을 위해서 운동으로 자기 관리를 하다 보니 젊음까지 얻었다고 했더라면 감동 받았을 것이다. 아니, 나도 동안을 위해 자전거 페달이라도 한 번 더 밟았을 것이다. 고작 쫓아오는 남자가 있어 기분이 좋다는 투로 말하는 것을 보며, 동안이 무슨 소용이랴 싶었다. 내면에 어린아이가 남아 있는 미성숙한 어른으로 보였다.

주위를 살펴보면 의외로 '오직 어려 보이기 위해' 안간힘을 쓰는 여성들이 많다. 오래 친분을 이어온 지인들끼리 지방 여행이라도 가는 날이면 패션쇼가 벌어지기 일쑤이다. 좀 더 멋지게, 어려 보이게, 심지어는 좀 더 섹시한 모습을 연출하려 여행용 가방이 터져나갈 만큼 준비해 오기도 한다. 하루에 옷을 서너 번씩 갈아입고 나타나는 여자도 있다. 그 모습을 볼 때마다 왜 그리 민망하던지. 거기다 화장은 물론, 머리 모양까지 스무 살도 안 된 소녀 스타일을 고집하기도 한다. 그야말로 젊어지기 위한 안간힘이다. 곁에서 서로를 부추기는 말도 참 다양하다. 멋지다, 이십 년은 젊어 보인다, 얼굴에 방부제 뿌렸느냐, 왜 늙지도 않는 것이냐, 나날이 젊어진다, 연애하냐 등등 온갖 찬사를 다 쏟아 놓는다. 가만히 듣고 있노라면, 말을 하는 사람이나 곧이곧대로 믿는 사람이나 다 똑같다.

나는 꽤 오랫동안 방송작가와 진행자로 국민배우 김혜자 선생님과 일을 해왔다. 선생님을 만나 온 세월이 거의 이십 년이 되어 간다. 어쩌면 선생님과 나는 서로 나이 들어 감을 지켜본 증인인지도 모른다. 김혜자 선생님을 곁에서 지켜보면서 나는 많은 것을 보고 듣고 느꼈다.

김 선생님은 밥알 하나 남기는 것조차 죄악으로 알 정도로 삶 자체가 건강할 뿐만 아니라 외모를 가꾸는 모습도 매우 건강하다. 김 선생님은 성형을 단 한 곳도 하지 않았다. 나이 들어 가는 모습을 감추기 위해 피부 시술을 하지도 않는다. 가끔 피부 전문 마사지 숍에 가서 관리를 받는 것을 보았을 뿐이다. 그럼에도 여전히 아름다움을 유지하는 것은, 내면에서 뿜어 나오는 향기 때문이리라. 김 선생님은 어디를 가든 꼭 책을 챙겨 다닌다. 소설이나 시집은 물론 때론 인문학이나 철학 등 다양한 책을 읽는다. 촬영을 하면서 잠시 시간이 빌 때면 책을 읽는 것을 알기 때문에, 나는 좀 더 내실 있는 원고를 써야 한다는 생각을 다지곤 했었다.

"억지로 젊어지기 위해 애쓰고 싶지는 않아요. 나이에 맞게 연기하다 좋은 모습으로 사라지고 싶을 뿐……."

언젠가 시술을 받아서라도 주름을 없애고 싶지 않느냐, 라는 나의 당돌한 질문에 선생님이 하신 말씀이다. 나이 들어 가는 여배우를 위해 멋진 시나리오를 써줄 작가와 감독을 기다리는 배우, 성형까지 해가면서 화면에 나오기보다는 팬들에게 자연의 아름다운 모습 그대로 기억되는 배우로 남기를 바란다는 선생님의 미소가 참으로 아름다웠다.

"박 작가도 돈만 있으면 성형도 하고, 비싼 피부 관리도 받고, 지방 흡입해서 날씬해지고 싶지 않아? 얼굴 당기고, 주름살 수술 받는 거 누구나 꿈꾸는 세상 아니냐고? 부러운 건 부럽다고 하는 게 쿨한 거야. 괜히 고상한 척 내숭 떨지 말고."

이미 출판계를 떠나 요즘은 세계 여행을 다니느라 바쁜 K가 얼마 전에 내게 직격탄을 날렸다. 어쩌면 그녀의 말이 맞을 수도 있다. 나와 같은 나이면서도 뒤태가 아름다운 그녀가 부러웠던 순간도 있었다. 하지만 나는 자연 그대로의 모습이 좋다.

'이십 대는 신선한 건강미, 삼십 대는 원숙미, 사십 대는 안정감, 오십 대는 우아함'이라는 말이 있다. 우아함은 연륜에서 나온다. 젊게 보인다는 말을 좋아하는 것은, 어쩌면 자신이 늙었음을 인정하는 것 아닐까.

나는 '동안'이라는 말보다는 '멋지다'는 말이 더 듣고 싶다.

자만하거나 자학할 필요가 없다

남자들의 경우 오십 대로 접어들면 사회적인 지위가 확연히 드러난다. 높은 지위와 재력을 가진 친구도 있고, 소시민의 삶을 살아가는 친구도 있다. 잘살고 못사는 차이가 드러남에 따라 만나는 사람들도 달라지게 된다. 명퇴나 은퇴라는 이름으로 이미 현장을 떠난 사람도 많고, 인생 제2막을 고민하며 갈 길을 찾아 헤매는 사람도 많다. 장수 백 세라는 말이 끔찍하게 두려운 세대이다.

여자들은 남편의 사회적인 지위에 따라 삶의 모습이 다르다. 오십세를 넘기고 보면 더욱 그렇다. 이 나이가 되면 입고 있는 옷과 가방만으로도 삶의 정도를 가늠할 수 있다. 특히 동창회에 나온 차림을 보면 더욱 그렇다. 빈부 차가 뚜렷해지면서 동창회는 '있는 자들만의 리그'로 변할 때가 많다. 그 모임을 통해 자녀들의 중매가 이루어지기도 하고, 해외여행이나 봉사 활동을 도모하기도 한다.

반면에 있는 자들의 거들먹거림과 스스로 작아지는 느낌 때문에 모임에 나오지 않는 친구들도 그들 나름대로 삶을 이어가고 있다. 온종일 땀 흘려 일한 다음 동료들과 술 한잔 나누는 기쁨 같은 소소한 일상 속의 행복을 느끼며 산다. 어느 쪽이 더 행복한가에 대한 답은 각자의 몫이다.

내 주변에는 잘사는 친구들이 많은 편이다. 남편들의 사회적인 성공에 따른 현상이기도 하지만, 그보다는 친정이 잘사는 경우가 많았다. 물려받은 유산이 많다 보니 남편의 사업 자금도 넉넉히 대주고, 남편이 월급쟁이일 경우에도 여유롭게 저축을 하며 부를 축적할 수 있다. 대부분 자녀들은 유학을 보내고 차는 외제를 타고 다닌다. 반면에 나는 친구들이 타고 다니는 외제 차의 이름조차 모를 정도로 부와는 거리가 먼 삶을 살고 있다.

친구나 동료들 모임에 가서 그들이 잘사는 모습을 보면 때로는 주눅이 들 때도 있고, 심한 자괴감이 들 때도 있다. '나도 남편도 열심히, 개미보다 더 치열하게 살아왔는데 왜 돈은 모이지 않는 것일까?'라는 질문을 수없이 던지며.

어느 날 나는 생각했다. 양가로부터 아무런 도움도 받지 않고 두 아들을 낳아서 공부시킨 것만으로도 남편과 나는 대단한 부자라고. 더군다나 큰아들은 그림 공부를, 작은놈은 사정이 있긴 했지만 해외에서 공부시켜야 했던 지난 내 삶의 여정을 보면 돈이 모일 새가 없었다. 큰아들은 대학 4학년 때 결혼까지 했으니, 나름 최선을 다하며 살아온 셈이다.

남이 가진 것을 부러워하다 보면 남는 건 초라함뿐이다. 돈이라는 건 욕망한다고 해서 채워지는 것이 아니라는 것을 알기에 더는 속을 끓이지 않기로 마음먹었다. 나는 명품이 없어도, 외제 차는커녕 뚜벅이일지언정 어떤 모임이든 당당하게 나간다. 내면 깊은 곳으로부터 돈에 대해 자유롭기 때문이다.

내게는 특별한 삶을 사는 지인이 있다. 학부모 사이로 만난 경수 엄마이다. 큰아이가 초등학교 2학년 때 우리는 반장과 부반장의 엄마로 만났다. 아이가 임원이 되면 엄마는 학교 행사 때마다 심부름꾼이 되어 아이들 간식은 물론이요, 선생님들의 도시락과 과일 등을 준비해야 한다. 방송 일을 프리랜서로 했기 때문에 나는 임원 엄마로서의 역할을 할 수 있었다.

문제는 부반장 엄마가 동대문시장에서 수선 일을 하고 있어서 참여하기 어렵다는 거였다. 김밥이나 간식 준비는 내가 한다고 해도 돈 주고 살 수 있는 과일마저도 부반장 엄마는 챙기지 않았다. 다른 엄마들은 아이가 임원이 아니어도 담임선생님한테 뭐라도 해주고 싶어 했다. 소풍이나 운동회, 심지어는 스승의 날까지 모든 행사의 뒤치다꺼리를 혼자 하고 나니 은근히 부아가 났다. 어찌어찌 부반장 엄마의 전화번호를 알아낸 나는 전화를 걸어 단도직입적으로 말했다.

"시간은 못 내시더라도 협조는 하셔야 하는 것 아닌가요?"

부반장 엄마의 목소리가 떨렸다.

"미안해요. 죄송해요. 제 사정이……."

너무했나 싶었다. 나는 마음이 불편한 것을 참지 못해 그날 부반장 엄마가 일하고 있는 수선집을 찾아갔다. 노점이나 다름없는 허름한 가게에 앉아 바느질을 하고 있던 부반장 엄마는 나를 보자 당황한 빛이 역력했다. 그녀는 나를 끌고 시장 안에 있는 빵집으로 데려갔다. 마주 앉아 가만히 바라보니 눈빛이 고향 친구를 닮았다. 나이는 나와 같다는데 십 년은 더 언니처럼 보였다.

"막노동하던 애들 아빠가 갑자기 사고를 당해서 돌아가셨어요. 애들 공부시키려면 내가 움직이지 않으면 안 돼서……. 몸뚱이가 밥줄이니 맘대로 움직일 수가 없어요. 그런데 덜컥 아들이 부반장이 되었다고 하니 얼마나 걱정이 되던지……. 미안해요. 나 땜에 석이 엄마가 힘들어서……."

그날 이후 나는 가끔 동대문시장 수선집을 찾았다. 천을 끊어다 커튼을 만들도록 맡기기도 했지만 대부분은 일하는 경수 엄마 옆에 앉아 이야기를 나누다 돌아오곤 했다. 삯바느질로 아들과 딸을 대학까지 보낸 그녀의 삶을 오랫동안 지켜보면서, 나는 아낌없이 응원해 주었다. 아들과 딸의 얼굴이 그늘지지 않도록 하는 것이 인생 최대의 목적이라던 그녀의 말이 귓가를 떠나지 않았다.

부자는 아니어도 비굴하지 않으며 늘 미소를 잃지 않는 그녀와 시장통 아주머니들을 보면서, 나는 내 또래 아줌마들의 삶을 여실히 들여다보게 되었다. 내 주위에 잘사는 친구들이 많아도 결코 부럽지 않은 것은, 경수 엄마처럼 소시민이지만 자기 삶에 충실한 사람들의 행복을 알기 때문이다.

"나이 먹으면 위를 올려다보기보다는 아래를 내려다보며 사는 것이 행복하다"는 말은 언제 들어도 명언이다. 죽을 때 먼지 하나 가져갈 수 없는 삶인데, 이 땅에서 잘살고 못사는 것 때문에 자만하거나 자학할 필요는 없다. 돈이 있으면 풍요로운 삶을 살 수 있으니 즐거운 일임에 틀림없다. 돈이 없으면 불편하고 궁핍하고 추레한 것도 맞다. 하지만 돈이 인생의 행, 불행을 좌우하는 건 아니다.

언젠가 방송 원고를 쓰면서 알게 된 통계 자료인데 우리나라에서 가장 행복 지수가 높은 계층은 '중학교 정도를 나와 택시 운전을 하는 사람'이라고 한다. 택시 운전하는 분들을 인터뷰한 내용 중 한 분의 대답이 오랫동안 뇌리에서 떠나지 않았다.

"열심히 일해서 사납금 채우고 남은 돈으로 온 가족과 함께 계곡에 가서 삼겹살을 구워 먹을 수 있으니 얼마나 행복한 삶인지 모르겠습니다."

흔히 늙으면 돈이 있어야 한다고 한다. 돈이 없으면 자식도, 친구도 무시한다고도 한다. 경제적인 활동을 하고 싶어도 할 수 없는 나이에 이런 말을 듣는 건 고문이다. 어찌할 수 없는 상황에 놓인 사람들에게 그러니 어쩌라는 것인가. 차라리 S. 존슨의 "부자로 죽는 것은 아무 소용없는 일이다" 라는 말이 위로가 되지 않을까. 나는 그렇게 믿고 산다. 주머니가 가난하다고 영혼마저 가난해지고 싶지는 않으므로.

이해 안 되는 게 없는 나이

나는 삶이 지루하고 무료하다 싶으면 사진첩을 뒤적이는 버릇이
있다. 사진첩은 추억의 창고이자 메마른 대지를 적시는 한 줄기 소
나기다.

그날도 나는 쓸쓸한 마음으로 앨범을 뒤졌다. 긴 머리 팔랑이며
비쩍 마른 남자의 팔짱을 낀 채 더없이 행복한 미소를 짓고 있는 여
자가 나라는 게 실감이 나지 않는다. 사진 속의 샤프하고 깔끔한 차
림의 남자가 삼십 년 후 대머리가 될 줄은 상상조차 못 했다. 뜨거운
열정으로 만났던 연애 시절과 시금털털한 중년의 삶이 오버랩 되는
순간이다. 어쩌면 이렇게 변할 수 있을까.

흑백사진 한 장이 눈길을 끈다. 잘 익은 밤톨같이 생긴 사내 녀석

의 눈매가 무섭다. 앙다문 입매와 비뚜름하게 쓴 교복 모자, 한눈에 불량기가 철철 넘친다. 질풍노도의 길을 걷던 작은아들 놈의 학창 시절 사진이다. 가출한 아들을 찾아 밤새워 공원이며 한강 둔치를 쫓아다니던 시절이 떠오른다. 등줄기에 식은땀이 절로 주르르 흐른다.

사진첩 속에는 지나긴 삶이 역시로 남아 있다. 기쁘고 즐거웠던 일도 많지만, 굽이굽이 힘들었던 시절이 더 많이 떠오른다. 그 험난한 시간을 어떻게 견뎌왔는지 자신이 대견스러울 정도다. 때로는 남편이 아파서 때로는 아이가 사경을 헤매어 힘든 적도 있었다. 시어머니와의 숨 막히는 나날 속에서 내 속은 곪아 가고, 가끔씩 일탈을 꿈꿨던 순간들을 내 사진 속 이미지들이 말해주고 있다.

사진첩을 덮고 나니, 차창 밖으로 가을비가 내리고 있었다. 왠지 마음이 가라앉았다. 뜨거운 차 한 잔을 마시고 있는데 지인에게서 전화가 왔다.

"대학로에 왔다가…… 혹 시간 되면 차 한 잔 나눌까 하고……."

목소리가 너무도 절절해서 화장할 겨를도 없이 민낯에 모자를 뒤집어쓰고 나갔다. 매사에 적극적이며 활기 넘치던 사람인데 몹시 지쳐 보였다.

"어디 안 좋아요?"

"실은 하도 속이 터져서 바람도 쐴 겸 하소연 좀 할까 하고 나왔어요."

"많이 힘든가 보네요."

오죽하면 나를 찾아왔을까 싶어 짠했다. 뜨거운 국수 한 그릇을 권한 뒤 천천히 그녀의 말을 들었다.

"내가 일찍 결혼한 건 알고 계시죠? 아들도 나처럼 일찍 결혼을 하더라고요. 그래서 애까지 낳았는데 아들이 도박에 빠진 거예요. 나는 전혀 몰랐지요. 직장도 때려 치웠다는데 이제야 알았어요. 며느리가 참다못해 애를 두고 집을 나갔어요. 하늘이 노랗더라고요. 아마 이해 못 할 거예요."

갑작스런 이야기에 당황할 수밖에 없었다. 머릿속엔 도박에 빠져 물의를 일으킨 연예인들의 얼굴이 떠올랐다.

"아들이 도박 중독에 걸렸다는 것을 알게 되었을 때, 처음에는 애를 많이 썼어요. 없는 돈에 빚을 일부 갚아 주기도 했고요. 나중에는 어찌할 수 없어 정신 차리라는 말만 했지요. 급기야 전세금까지 몰래 빼내서 도박을 했더라고요. 나중에는 우리 집마저 담보로 은행에서 돈을 빌려 쓴 거예요. 남편은 지금 화병이 나서 일도 못 하고 있고……. 나 역시 가슴이 벌렁거려서 살 수가 없네요. 아마 이해 못 할 거예요."

그녀는 "이해 못 할 거예요"라는 말을 반복했다. 놀란 건 사실이지만 이해 못 할 일은 아니었다. 자식을 키우다 보면 누구라도 뜻하지 않은 일을 겪을 수 있으니까.

"도박 중독증 환자를 위한 상담을 받아 보라고 하면 잡아먹을 듯이 대들곤 하니 정말 살맛이 안 나요."

그냥 하소연이라도 하고 싶어 나왔다고는 하지만 답답하긴 나도 마찬가지였다.

"그 분야에 대해 잘 모르지만 전문가의 힘을 빌려야 할 듯싶네요."

원론적인 말밖에 할 수 없어 나 자신도 몹시 안타까웠다. 뭔가 힘을 주는 한마디를 더 건네야 될 것 같았다.

"많이 힘드시죠. 오늘은 집에 돌아가서 아드님의 옛 사진을 꺼내 보세요. 분명 마음을 기쁘게 해드렸던 순간이 있을 거예요. 그때 사진을 보여주면서 다시 한 번 얘기해 보면 어떨까요?"

진심이었다. 자신의 옛 모습을 보면 어긋난 지금의 길에서 돌아오고 싶은 마음이 들 것 같았다.

"들어줘서 고마워요. 조언도 감사하고요. 생각나면 내 아들을 위해 기도해 줘요. 예전에 아들이 힘들어할 때 기도로 아이의 마음을 붙들었다는 말을 잊을 수 없어 찾아왔어요. 이해 못 하겠지만……."

"맞아요. 사람의 마음을 바꾸는 것은 신의 영역인 것 같아요. 그런데요, 제가 이해 못 할 거라고 생각지 마세요. 제게 말씀해 주서서 감사하고요. 큰 도움 못 드려 죄송해요."

말을 마치고 집으로 돌아가는 지인의 굽은 어깨가 한없이 측은해 보였다. 그의 아픔이 내 아픔이 되는 순간이었다. 자식 때문에 눈물 흘려본 나로서는 더욱 그랬다. 자식이 장가가서까지도 부모에게 걱정을 끼치는 것을 보니 남의 일 같지 않았다. 결혼한 자녀가 속 썩이는 게 더 힘들다고 했던 말들이 실감 났다.

집으로 돌아오는 동안 지인이 "이해 못 할 거예요"라고 했던 말이 자꾸만 떠올랐다. 내가 옹졸해 보였던 걸까. 세월의 강을 어느 정도 건너고 보니 이 세상에 이해 못 할 것이 없다. 사연은 다르지만, 누구나 가슴에 말 못 할 아픔이나 상처 하나쯤 품고 살게 마련이다.

집에 돌아와서도 나는 지인의 절박해 보였던 얼굴이 떠올라 일이 손에 잡히지 않았다. 간절한 마음으로 묵상 기도를 올렸다. 그리곤 가슴이 답답할 때면 듣던 노래를 찾았다. 피디로 명성을 날렸던 주철환 님이 부른 '다 지나간다' 라는 노래다.

다 지나간다

한숨도 근심노 눈물노 웃음도 다 지나간다.
사랑도 이별도 성냄도 시샘도 다 지나간다.

슬픔도 기쁨도 박수도 갈채도 햇살도 빗물도 바람도 구름도
안개도 이슬도 무지개마저도 다 지나간다 다 떠나간다.

한숨 근심 눈물 웃음 사랑 이별 다 지나간다.
성냄 시샘 슬픔 기쁨 박수갈채 다 지나간다.

– 주철환

이 노래를 듣고 있으면 터널 끝의 햇살이 떠오른다. 맞다. 모든 건 다 지나간다. 지금 지인 앞에 놓인 기막힌 문제도 시간이 지나면 어떤 식으로든 결론이 날 것이다. 그 산을 지혜롭게 넘기를 그저 기도할 뿐이다. '인생(人生)은 인생(忍生)'이라는 말과 함께.

나이 들수록 쪼잔해지는 남자

내가 속한 문학회에는 늙지도 젊지도 않은 '젊은 노인'이 꽤 많다. 인생의 마지막 불꽃을 문학으로 승화시키려는 모습이 남의 일 같지 않다. 그래서 나는 문단 선배들과 많은 것을 공유하는 편이다.

지난 연말 세미나 때 나는 몇몇 남자 선배들에게 다가갔다. 중년 남자들의 심리를 듣고 싶다고 솔직하게 말했다. 술과 음식이 오가며 어느 정도 취기가 오르자 분위기가 고조되었다. 이때다 싶었다. 나는 인터뷰하듯 이것저것 물었다.

대기업 임원이었던 Y 선생은 꽤 섬세하고 날카로운 글을 쓰는 작가다. 얼마 전에 은퇴를 한 뒤, 지금은 글쓰기에 집중하고 있는 선생에게 조심스럽게 물었다.

"왜 남자들은 나이 들어 가면서 아내에게 시시콜콜 잔소리를 해서 쪼잔하다는 말을 듣는 걸까요?"

Y 선생은 의외로 진지하게 나의 질문에 대답해 주었다.

"어느 날, 물을 먹으려고 냉장고를 열었어요. 뭔가 퀴퀴한 냄새가 나서 채소 박스를 열어 보았지요. 시금치며 당근 등이 썩어 가고, 겨울에 먹었던 청국장이 말라비틀어져서 괴상한 냄새가 났던 거예요. 갑자기 화가 나더라고요."

"사모님이 평소에는 깨끗이 정리정돈을 잘하는데 마침 바빠서 며칠 소홀했던 걸 보게 된 것 아닐까요?"

마침 나도 비슷한 경험이 있기에 따지듯 물었다.

"그럴 수도 있지만 냉장고에서 음식들이 썩어 나가는 걸 보면 정말 화가 납니다. 내가 밖에 나가 상사 눈치 보며 뼈 빠지게 번 돈을 이렇게 휘뚜루마뚜루 쓰는 것 아닌가 싶기도 하고요. 평생 이렇게 돈 관리를 해왔나 싶은 생각이 들어요. 무엇보다 이제는 돈 나올 구멍도 없는데 아직도 남편이 현역인 줄 알고 펑펑 써대는 것 같아 걱정이 되기도 하고요. 그럴 때 버럭 소리를 지르게 되지요."

Y 선생은 이 밖에도 주위 친구들의 예까지 들어 가며 중년 남자들의 심리에 대해 많은 이야기를 전했다. 한참을 이야기한 뒤 그는 독백처럼 속내를 털어놓았다.

"남자들 정말 불쌍해요. 학교 마치고 기계처럼 일하다가 어느 날 갑자기 이유도 없이 팽 당한 느낌이랄까, 광야에 홀로 선 나그네 같은 심정이랄까. 그럴 정도로 막막하고 심란합니다. 오죽하면 내가 은퇴하고 어머니 산소에 찾아가 엉엉 소리 내어 울었겠습니까. 이런 심정, 여자들이 알까요?"

Y 선생이 벌겋게 상기된 얼굴로 말했다. 왠지 내 남편도 나 몰래 어딘가에서 소리 없이 울었을 것만 같았다. 등골이 시렸다.

"아침에 일어나 어딘가 내 자리가 있는 곳으로 나갈 수 있다는 것이 그토록 귀한 것인 줄을 정년퇴직을 하고야 알았어요. 물론 짐작은 했지만 현실은 훨씬 더 냉혹하더군요. 너무 불안해서 소리 없이 사라지고 싶을 때도 있어요. 그런데 집사람은 늘 잔소리에…… 거기다 무시하는 듯한 말투. 인생 헛살았다 싶이요. 그리다 보니 남자도 쪼잔해질 수밖에요."

Y 선생과 진지하게 이야기를 나누자 옆에서 가만히 듣고 있던 K 선생이 한마디 거들었다. 얼마 전 교장 선생님으로 은퇴한 분이다.

"맞는 말입니다. 파고다공원에 나오는 사람들이 모두 할아버지인 줄 알지요? 그렇지 않아요. 나처럼 아저씨도 아니고, 그렇다고 할아버지도 아닌 중늙은이가 많아요. 거기 나온 사람들 대단해요. 왕년에 한 가닥 안 한 사람 없고요. 그런 사람들이 왜 공원에 나오냐고요? 소통이 그립기 때문이지요. 집에 있는 마누라나 가족은 벽이나 마찬가지니까. 눈치 보는 것도 싫고. 여자들은 나이 먹어도 할 일이 많은데, 남자들은 수위 자리도 구하기 힘든 게 현실 아닙니까?"

K 선생은 마치 학생들 앞에서 강의하듯 열변을 토했다. 진작 알고 있었던 이야기지만 당사자들의 말을 들으니 더욱 실감이 났다.

"남자들이 왜 쪼잔해지느냐고요? 그건 자신감이 줄어들기 때문이에요. 사회로부터 도태당하고, 마땅히 할 일도 없고, 앞으로 살아갈 날에 대한 걱정은 태산인데 주머니 사정은 빈약하다 보니 느끼는 것이라곤 신경질이고 잔소리뿐이지. 그걸 가족이 이해해 주어야 해요. 특히 평생 함께해 온 마누라가 동지가 되어 주어야 한다고요. 근데 여자들은 돈 벌어다 줄 때는 헤벌쭉하더니 끈 떨어진 낙동강 오리알 신세가 되자 완전히 무시하잖아요. 서글픈 인생입니다. 남자들 모두가……."

K 선생 역시 내가 아내들의 대변인이기라도 한 듯 강하게 말했다. 나는 어쩔 수 없이 여성의 대변인이 되어야 했다.

"그 나이에는 여자들도 불안하고 힘들긴 마찬가지예요. 몸도 예전 같지 않고요. 심리적으로 남자들 못지않게 흔들리지요. 평생 든든한 배경이었던 남편이 하루아침에 비 맞은 참새처럼 연민을 불러일으키는 존재가 되고 말았으니…… 여자들도 말이 곱게 나갈 리 없잖아요. 그래도 남자니까 대범하게, 의연하게 은퇴 후의 삶에 대처할 줄 알았지 하루아침에 딴사람으로 변해 냉장고나 뒤지고, 화장실 더럽다고 타박하고, 삼시 세 끼 챙겨주지 않는다고 징징거릴 줄 누가 알았겠느냐고요."

내 말에 K 선생은 허허 웃는 것으로 공감을 표시했다.

"이 모든 것을 개인의 책임으로 돌리기 때문이기도 해요. 선진국처럼 복지정책이 잘 되어 있는 나라였다면, 열심히 일한 후 지금쯤 쉬면서 여행도 하고 그동안 하지 못했던 취미 생활도 하면서 지낼 텐데 말입니다."

맞는 말이다. 결국은 제대로 된 노후복지정책의 부재로 결론이 내려졌다. K 선생의 말에 공감한다는 뜻으로 모두 고개를 주억거렸다.

"은퇴 후 글쓰기에 더욱 매진하시는 선생님의 모습, 보기 좋아요."

"저는 그나마 다행이지요. 아침마다 도서관에 나가 읽고 쓰는 재미라도 있으니. 주변에 낮 동안 아무 데나 배회하는 '먹물'들이 많아요. 대학에 수석으로 들어간 친구도 있는데, 지금은 그저 백수지요. 그 친구 말이 종일 아내와 같은 공간에 있는 게 힘들다는 겁니다. 숨 쉬는 소리가 부담스럽게 느껴진다니……. 이게 사는 겁니까?"

늙어 가는 남편이나 아내 모두 보이지 않는 미래가 불안한 것이다. 특히 경제적인 능력 없이 긴 세월을 견뎌야 한다는 강박관념에 남편은 의기소침해진다.

여자들이 모여 남편 성토할 때도 공감이 가지만, 남자들만의 속내를 들어 보니 그 또한 남의 말 같지 않았다. 그런데 남자들의 속내를 듣고 나니 개운하기보다는 왠지 짠했다.

어쩌겠는가, 부부가 '측은지심'으로 서로를 다독이며 살아가는 수밖에!

이 땅에는 배워야 할 것이 너무 많다.

내가 미처 깨닫지 못하고, 가보지 못하고, 접하지 못했던 일들이 널려 있다.

우리는 진짜 보석을 보지 못한 채 그대로 죽어 가는지도 모른다.

몸은 조금 힘들더라도 천천히 배워 나가면서 지식과 지혜의 탑을 쌓아 가는 기쁨.

그 항아리를 채우는 작업은 무료함을 달래는 차원이 아닌,

또 다른 삶의 희열을 느끼는 소중한 시간이 될 것이다.

멋진 중년,
준비가 필요해!

미리 써보는 유언장
그리고 묘비명

언제부턴가 웰 다잉(Well Dying)이라는 신조어가 유행하고 있다. 웰 다잉은 우리말로 '잘 죽는 법'을 말하는데 그에 대해 생각하는 사람들이 많아졌다는 이야기다. 각 복지관의 평생교육원에 '죽음준비학교'가 개설된 곳이 많은 것만 보아도 그 열기를 가늠할 수 있다. 그곳에 가면 죽음 가상 체험이라든가 죽기 전에 하고 싶은 일들, 자서전 쓰기 등 다양한 프로그램을 접할 수 있다.

인간이 태어나 잘 사는 것만큼이나 잘 죽는 것 또한 중요하다. 태어나는 것에는 순서가 있지만 죽는 일은 예고가 없으니, 웰 다잉은 누구나의 관심사일 것이다.

우리 동네에 사는 할머니 한 분은 얼마 전부터 노인복지관에서 하는 죽음준비학교에 나가고 있다. 오랫동안 동대문시장에서 포목 장사를 하던 분이라 집에만 있는 것을 못 견뎌 하셔서 며느리가 권했다고 한다.

"죽을 때 그냥 눈감으면 되지. 핵교는 무슨 핵교여?"

며느리가 귀찮아서 밖으로 내몰려는 게 아닌가 싶어 노여워하시던 분이 복지관에 나간 뒤로는 확 바뀌었다고 한다.

"그동안 일만 하느라 딴 세상이 있는 줄 몰랐어. 복지관에 가니 재미나. 따뜻한 밥도 주고, 같이 늙어 가는 할아버지도 만나고……. 뭣보다 죽음 공부를 하는 게 재미나, 새롭고. 내가 언제 핵교에 다녀 보겠어. 소핵교 다니는 기분이 난당게."

할머니는 마치 소풍 가는 아이처럼 복지관을 다니셨다. 며느리는 매일 아침 딸을 유치원에 보내는 마음으로 시어머니에게 가장 예쁜 옷을 권하는 등 호흡을 맞췄다.

어느 날 복지관에 다녀온 할머니가 며느리의 손을 잡고 뜻하지 않은 고백을 하셨단다. 며느리는 시어머니가 자신에게 한 말을 그대로 내게 전했다.

"지금 보닝게 니도 나만큼이나 늙어부렀구만. 미안허이. 시에미가 너무 속을 쎄겨뿌린 것 같아. 강사님이 연설하는데 가슴이 쓰리드랑게. 앞으로는 잘할 거니께 마음 풀어."

그날따라 더욱 구수한 전라도 사투리로 사죄하는 시어머니에게 감동을 받았다며, 며느리는 흐뭇해 했다.

어느 날은 할머니가 죽음준비학교에서 썼다는 '가상의 유언장'을 가져와 내게 보여주었다. 비뚤비뚤 쓴 글씨지만 진심이 담긴 유언장이었다. 할머니가 시장에서 장사하며 자식 키우느라 고생하던 시절의 내용이 많았다. 그날 가족들이 모두 모인 할머니의 집은 눈물바다를 이루었다고 한다.

할머니의 유언장을 보고, 조금 이른 감이 있긴 하지만 나도 유언장을 써보면 어떨까 싶었다. 그날, 집으로 돌아온 나는 깨끗이 목욕을 한 뒤 노트북 앞에 앉았다. 왠지 경건해지는 순간이었다.

살아서 쓰는 나의 유언장

먼저, 당신께 고맙다는 말로 이 글을 시작하겠습니다.
내 안의 결핍과 상처까지도 품어 주고, 한없는 신뢰로
내 세계를 구축해 갈 수 있도록 전폭적인 지지를 해준 당신.
보헤미안 기질이 다분한 나를, 두 아들의 엄마로
정착하게 해준 지난 세월 진심으로 고맙습니다.

늘 남을 먼저 배려하는 큰아들 석아,
아무런 준비 없이 엄마가 된 탓에 너에게 수없이 많은
시행착오를 행하며 살아왔다.
네가 자신보다는 남을 너무 많이 배려하는 것을 보면서
철없는 엄마였던 내 탓 같아 늘 미안했다.
네가 일찍이 너처럼 착하고 독립적인 우렁각시를 만나,

존재의 근원을 깨닫게 해준 아민이를 낳았을 때

가슴이 뜨거웠다. 이 땅에 머무는 동안 내게 충만한 기쁨을 준

내 아들 석아, 고맙다. 진정 사랑한다.

마지막 부탁이 있다. 힘들 때는 힘들다고 말하며 살기 바란다.

네 곁에 있는 너를 가장 사랑하는 사람에게.

그래야 건강한 부부다.

나의 분신, 나의 사랑하는 아들 동아!

나의 모든 것의 모든 것을 닮은 너를 보며

엄마는 놀랍고 또 행복했지만, 때로는 버거웠다.

너의 흔들림은 내 청춘의 뒤안길이었으며,

너의 방황은 내가 풀어내지 못한 현실의 아픔이었다.

너를 위한 기도는 죽는 이 순간까지도 이어진다.

지금 너의 자리는 네가 만든 것이 아닌,

하늘로부터 내린 사명이자 사랑의 증표다.

늘 네가 자랑스러웠다. 늘 사랑스러웠다. 늘 대견했다.

아들아, 어쩌면 섬처럼 외로웠을지도 모를 아빠를 부탁한다.

혹, 내 몸에 피치 못할 상황이 닥쳤을 때

나를 조용히(현대 의학적인 모든 시술을 거부)

내 유년의 뜰인,

붉은 달이 피고 지는 단월(丹月)에 뿌려주길…….

그날 밤, 일하고 돌아온 남편에게 이 유언장을 보여주었더니 당황하는 표정이 역력했다. 기분 나빠 보이기도 하고, 왠지 깊은 생각 속으로 빠져 들어가는 것 같기도 했다. 왜 아닐까. 누구라도 동반자의 유언장을 보게 되면 그것이 가상일지라도 생각이 많아질 것이다.

영화 촬영을 하고 늦게 들어온 작은아들에게도 유언장을 보여주니 아빠와 똑같은 반응을 보였다. 아직 죽음에 대해 생각해 본 적이 없기 때문일 것이리라. 내 아들도 엄마가 언젠가 자기 곁을 떠난다는 생각을 하면 삶에 대해 조금 더 진지하게 생각하지 않을까?

죽음 앞에서 사람은 가장 진솔하며 가장 겸허해진다. 젊은 날, 죽음을 준비하는 자세로 살아간다면 실수도 덜할 것이며, 시간을 낭비하지도 않을 것이다. 그런 면에서 아들에게 나의 가상 유언장을 보여주길 잘했다는 생각이 들었다.

유언장을 써보니 얻는 게 많다. 유언장을 쓰는 순간만큼은 자신에게 솔직해질 수 있다. 영혼까지도 벌거벗은 느낌이랄까. 내가 이 땅에 태어나 남긴 것은 무엇이며, 또한 버릴 것은 어떤 것이며, 다짐해야 할 일은 무엇인지, 진지하게 생각하게 된다.

나는 그 후로도 가끔 내가 쓴 유언장을 들여다볼 때가 있다. 히라노 히데노리는《감동 예찬》에서 "이 세상을 떠날 때 갖고 갈 수 있는 것은 물건이나 돈이 아닌 감동이라는 추억뿐이다. 그리고 죽은 후에도 다음 세대에 남는 것은 자신이 품었던 '뜻'이다"라고 했다. 죽음에 대해 새삼 깊이 생각하게 된다.

내가 죽고 나면 분명 주위에서 나를 평할 테지. 어떤 반응일까?

'정말 지독히 자기밖에 모르던 사람이었는데……. 냉정한 사람이었는데……. 말과 글이 영 다른 사람이었지…….'

제발 이런 말만은 듣지 말았으면 좋겠다. 나를 향해 부정적인 말을 하는 사람이 있다면, 분명 내 잘못이 클 거다.

'따뜻한 솜이불 같은 사람이었지…… 재능이 아까운 작가였는데.' 이런 말을 들을 수 있다면 얼마나 좋을까. 내 영정 앞에서 소리내어 울지는 않는다 해도 가슴으로 울어 주는 사람이 있다면 좋겠다. 적어도 나와 많은 추억을 나눈 사람은 가슴으로 울어 주지 않을까. 나 또한 그 친구의 영정 앞에서 혼을 놓을 만큼 가슴으로 눈물을 흘릴 것이다.

무엇보다 내 죽음 앞에서 가족들이 진심으로 애도해 주었으면 좋겠다. 살면서 가장 상처를 주고받는 사람이 가족이라고 하지 않던가. 내 가족에게 나는 그런 존재가 아니길 바란다. 남편에게는 너그럽고 평생 동지 같은 아내로, 아들들에게는 끝없이 자애로우며 사랑이 많았던 엄마로 기억되고 싶다.

어느 날은 갑자기 묘비명에 썼으면 하는 문구까지 생각해 보게 되었다. 자못 심각했다. 묘비명은 짧지만, 어쩌면 내 인생 전부를 보여 주는 문구여야 할 것이기 때문이다.

언젠가 4·19 탑 안에 있는 묘비명을 읽은 적이 있다. 민주주의를 위해 젊은 나이에 피 흘려 죽은 청년들의 묘비명은 장엄하면서도 슬

폈다.

인터넷에서 유명인들이 남긴 묘비명을 살펴보았다. 그들 또한 죽기 전에 직접적으로든 간접적으로든 자기 묘비명에 적혔으면 하는 문구를 남겼다.

《진주 목걸이》를 쓴 모파상의 묘비명은 "나는 모든 것을 갖고자 했지만 결국 아무것도 갖지 못했다".

《적과 흑》의 작가 스탕달의 "살았노라. 썼노라. 사랑했노라"라는 문구가 가장 인상에 남았다.

자기 자신을 가장 잘 아는 사람은 본인이다. 내가 무엇을 추구하며 살아왔는지, 무엇을 가장 사랑했는지, 가슴 깊은 곳의 아픔은 무엇인지에 대해 말이다.

아마도 묘비명의 문구는, 그 사람의 삶을 압축해서 보여주는 언어일 것이다. 내 묘비명에 쓰일 문구는 무엇일까? 한동안 이 질문이 머릿속에서 떠나지 않았다.

새벽길 미명에 산책을 했다. 눈앞이 보이지 않을 만큼 운무가 자욱했다. 내 묘비명 문구를 생각하며 걷는 발길은 사뭇 달랐다. 늘 걷던 낙산 길임에도 처음 걷는 것처럼 새로웠다.

걷는 것은 내 안의 오물을 버리는 일이다. 버린다는 것은 채움의 또 다른 말이다. 그 맛에 나는 참으로 오랫동안 걷고 또 걸었는지도 모른다. 걷는 동안 많은 이미지들이 떠올랐다가 사라지곤 했다. 많은 사람들이 남긴 묘비명을 생각해 보기도 했다.

하지만 아직 죽음에 대한 깊은 생각이 없어서인지 잘 떠오르질 않았다. 다음으로 미루고 편안한 마음으로 성곽 길로 접어드는 순간, 소나무 위에서 새소리가 들려왔다. 낭랑한 새소리에 내 영혼이 환해지는 느낌이었다. 그때 섬광처럼 떠오르는 문구가 있었다.

'치열했다. 사랑했다. 늘 꿈꾸며 살았다.'

새벽 산책길에 떠오른 내 삶에 대한 이미지였다. 나는 낙산에서 내려와 하얀 종이에 이 문구를 한 자 한 자 정성을 다해 썼다. 미리 써놓은 유언장과 함께 주말에 올 큰아들에게 건넬까 생각 중이다.

이 땅에서 살 시간이 얼마나 남아 있는지 나는 모른다. 한 가지 분명한 건, 내게 주어진 시간을 더 치열하게 살아야 한다는 점이다.

미리 써보는 유언장 그리고 묘비명.

낯설면서도 색다른 맛이다. '인생 잘 살아야지' 하고 깊은 결의를 다지는 시간이기도 하다.

서로의 의자가 되어 주는 동지, 부부

미카엘 하네케 감독의 〈아무르〉는 많은 것을 시사하는 영화다. 음악가 출신의 노부부 조르주와 안느는 젊어서부터 금실이 좋았다. 머리가 하얗게 되어서도 노부부는 음악회와 전시회 등을 다니며 행복한 나날을 보낸다.

어느 날 아내 안느가 갑자기 마비 증세를 일으키면서 불행의 그림자가 다가온다. 숟가락을 손에 쥘 수 없을 만큼 힘이 빠진 아내를 안쓰러워하는 남편의 모습을 보며 나도 떨렸다. 나라면 저 순간 어떨까? 암담하기 짝이 없을 것 같다.

남편 조르주는 반신불수가 된 아내를 헌신적으로 돌본다. 기저귀를 갈아 주는 것은 물론 깨끗이 목욕시키는 것까지 도맡는다. 자식들은 이따금 집에 들러 어머니를 요양원에 맡기라는 말을 할 뿐이다. 조르주는 평생 자신을 위해 헌신한 아내를 병들었다고 내칠수는 없었다. 오히려 더 애틋한 마음으로 돌본다. 치매 현상까지 보이며 흉하게 변하는 아내를 돌보는 조르주를 보며 새삼 깨달은 게 있다.

영화 속의 남편은 젊어서부터 아내와 함께 시간을 보내왔다. 함께 아이를 키우고, 함께 공연장을 찾고, 함께 여행을 하며 공감대를 형성해 왔던 것이다. 그렇기에 폐품처럼 구겨진 아내의 몸을 씻기고 똥기저귀를 갈아 주면서도 인상을 찌푸리지 않는 것이리라. 치매 걸린 아내를 수발하는 것이 특별하지 않은, 다만 사랑의 행위라는 점이 시사하는 바가 컸다. 반면에 자식들은 사랑을 받을 줄만 알았지, 진심으로 병든 노모를 위해주는 데는 인색했다. 그건 우리 사회도 마찬가지 아닌가. 아내의 머리를 감기는 남편의 모습이 눈물겹도록 아름다웠다.

남편 조르주는 굳은 결심을 하고, 극진히 간호해 오던 병든 아내의 얼굴 위로 베개를 덮어 죽이고 만다. 그것이 최선이라고 생각한 것이다. 남편은 죽은 부인에게 입힐 검은 드레스를 고르고 흰 국화를 사 와서 가위로 꽃송이를 잘라 낸다. 그 모습이 몹시 그로테스크하면서도 슬펐다.

영화가 끝난 뒤에도 나는 컴컴한 극장에 홀로 앉아 상념에 젖었다. '아무르(amour)'는 프랑스어로 '사랑'이란 뜻이다. 살아서는 친구 같은 남편에 누이 같고 누님 같은 아내였지만, 병들면서 모든 것이 어긋난다. 결국엔 동반 죽음을 택하여 지상에서 나눴던 사랑을 마무리한다. 나는 이 영화를 보며, 지금 내 삶의 현주소를 들여다보지 않을 수 없었다.

내가 만약 반신불수가 되어 한쪽이 마비된 채 살아간다면 내 남편은, 자식들은 어떤 태도를 취할까?

나도 영화 속의 아내처럼 남편이 나에게 헌신적으로 병간호를 해주는 것이 부담스러울 것이다. 하지만 한편으로는 진정 행복할 것 같다. 죽는 순간까지 아픈 나를 위해 모든 것을 마다않는 남편의 얼굴을 보면서 말이다. 나 또한 그가 아프고 힘들 때 손과 발이 되어 줄 것이다. 부부는 평생 서로에게 의자가 되어 주는 동지이자, 서로를 지탱해주는 바지랑대가 아닐까 싶다.

나는 그날 남편에게 물었다.

"나 아파서 누워 있으면 버리지 않을 거지?"

나의 느닷없는 질문에 남편은 또 철없는 아내가 쓸데없는 소리를 하나 보다 싶었는지 물끄러미 바라보았다.

"나도 당신 죽을 때까지 헌신할 테니까, 자기도 내가 아프면 아무한테도 맡기지 말고 끝까지 돌봐줘. 치매에 걸려도, 꼭!"

그때 내가 왜 그런 말을 했는지, 아마 이 글을 읽으면 알 것이다.

영화의 감흥이 채 가시지 않았을 때 서재에서 책을 뒤적이다 눈길을 끄는 시를 만났다.

쑥국 - 아내에게

참 염치없는 소망이지만

다음 생에 딱 한 번만이라도 그대 다시 만나

온갖 감언이설로 그대 꼬드겨

내가 그대의 아내였으면 합니다.

그대 입맛에 맞게 간을 하고

그대 기쁘도록 분을 바르고

그대 자꾸 술 마시고 엇나갈 때마다

쌍심지 켜고 바가지도 긁었음 합니다.

그래서 그래서

지금의 그대처럼 사랑한다는 말도 한 번 못 듣고

고맙다는 말도 한 번 못 듣고

아이 둘 온 기력을 뺏어 달아난

쭈글쭈글한 배를 안고

그래도 그래도

골목 저편 오는 식솔들을 기다리며

더운 쑥국을 끓였으면 합니다.

끓는 물 넘쳐흘러

내가 그대의 쓰린 속 어루만지는

쑥국이었으면 합니다.

  - 최영철

섹스 없는 연애, 여자의 우정

가끔은 절대적인 고독 앞에 가슴이 시릴 때가 있다. 벼랑 끝에 선 것처럼 주위에 아무도 없다는 생각이 들 때면 더욱 그렇다. 많은 사람들 속에 들어가면 나아지려나 싶어 모임에도 나가고 동창들을 만나 수다도 떨어 보지만 가슴속에 일렁이는 바람은 여전히 멈추지를 않는다. 그런 날은 군중 속의 고독을 피해 홀로 걷는 게 상책이다. 모든 걸 내려놓고 걷다 보면 어느새 새 힘이 생긴다.

어느 날, 왠지 가슴에 일렁이는 바람을 잠재우려 길을 나섰다. 산책로에 붓꽃이 함초롬히 웃고 있었다. 쓸쓸할 때는 꽃마저 외로워 보인다. 가만히 꽃을 들여다보고 있는데 휴대전화가 울렸다.

"뭐해? 이상하게 오늘은 네 목소리를 듣지 않으면 일이 손에 잡힐 것 같지 않네? 별일 없지? 보고 싶다."

친구의 절절한 목소리에 목울대가 울렁였다. 동시에 서로를 생각하고 있었던 것이다. '아, 맞다. 내게는 친구가 있었지?' 혼자가 아니라는 사실에 시베리아 벌판 같던 가슴이 갑자기 따뜻해진다. 그렇다. 마음 맞는 친구의 전화 한 통으로도 충분히 삶의 희열을 느낄 수 있는 것, 그것이 바로 여자의 우정이다.

나이 들어 가면서 점점 친구와 우정을 나누며 사는 기쁨도 커진다. 이 세상에 단 한 사람만이라도 속내를 털어놓을 친구가 있다면 두려울 일이 없다. 너무 외로워서 극단적인 방법을 택한 사람들을 생각하면 누군가와 소통하며 사는 것에 대해 감사하게 된다.

내가 힘들었을 때 다시 일어설 수 있었던 것도 친구와의 우정이 있었기 때문이다. 내게 무덤까지 함께 갈 친구가 있어 얼마나 다행인지 모른다. 그 친구는 눈빛만으로도 내 안의 절망을 읽을 줄 아는 섬세한 여인이다. 혼자 걷고 있을 때 전화를 해주었던 바로 그 친구다. 오래전에 함께 일한 적이 있는 프리랜서 작가가 갱년기 우울증을 극복하지 못하고 약을 먹었다는 소식을 듣게 되었던 날, 너무 우울해서 그 친구를 만났는데 나도 모르게 극단적인 말을 하고 말았다.

"오죽하면 스스로 약을 먹었을까. 왠지 이해가 되기도 해. 나 또한 잠자리에 들며 내일 아침에 눈을 뜨지 않았으면 좋겠다는 생각이 들 때가 있거든. 지금 나를 둘러싸고 있는 모든 고통을 더는 겪지 않을 테니까. 모든 게 버겁고 힘겨워."

마침 갱년기 증후군으로 며칠씩 잠을 못 자서 예민해진 데다 친정 어머니의 거취 문제가 나의 어깨를 무겁게 하던 때였다. 내 말을 가만히 듣고 있던 친구가 안쓰러운 목소리로 말했다.

"지금까지 그토록 강하게 살아온 네가 무슨 그런 생각을 해? 고작 그 정도였어? 그건 네가 말해 왔던 글과 말에 대한 배반이잖아."

뒤통수를 한 대 맞은 기분이었다. 칼침을 놓듯 냉정한 친구의 말이 하늘에서 울려 오는 메시지 같기도 했다. 정신이 퍼뜩 들었다. 만약 내가? 생각만으로도 끔찍했다.

'고작 그 삶밖에 안 됐던 거야. 그렇게 치열하게 사는 것처럼 보이더니……'

사람들의 수군거림이 귓가에 들려오는 것 같았다. 내가 그토록 지키고 싶었던 자존심이 무너지는 소리가 심연 깊은 곳으로부터 들려왔다. 그럴 수는 없었다.

정신을 차리고 보니, 잠시나마 유혹에 빠졌던 내가 무섭기도 하고 슬프기도 해 친구 앞에서 눈물을 보이고 말았다. 그때 친구가 내 곁에 있다는 것이 얼마나 든든한지 뼛속 깊이 느꼈다. 여자의 우정은 연애보다 강하다는 말을 실감하는 순간이기도 했다.

요즘도 나는 날이 궂거나 일이 손에 잡히지 않는 날이면 세상을 떠난 프리랜서 작가가 생각나곤 한다. 그녀에게 아무런 도움을 주지 못해 많이 미안하고 못내 아쉽기 때문이다.

"난 박 작가가 부러워. 늘 바쁘잖아. 할 일도 많고 주위에 사람도 많고……"

언젠가 그녀가 했던 말속에 담긴 외로움을 이제야 비로소 알 것 같다. 그때 만약 나도 죽을 만큼 힘든 때가 있었다는 말을 했더라면 상황이 달라지지 않았을까?

급작스런 지인의 죽음을 목도한 후, 조금씩 변해 가는 나를 보게 되었다. 내 곁에 있는 사람들이 소중하게 여겨졌다. 어떤 인연으로 만났든 내가 진심으로 대하면 상대방 역시 나를 소중하게 여긴다는 것도 알게 되었다.

차 한 잔을 앞에 놓고 나와 우정의 탑을 쌓아 가고 있는 사람들을 손꼽아 보았다. 여자의 우정은 나이와 상관없다. 특히 사회에서 만난 사이는 열 살 이상의 나이 차이에도 친구가 된다. 일이나 정신세계 혹은 취미가 같다 보면 학교 친구 이상으로 밀접한 관계가 되는 것 같다.

내 경우도 그렇다. 방송 일을 하면서 만났던 사람들 가운데 특별한 우정으로 발전한 친구들이 있다. 세계적으로 명성을 날릴 만큼 멋진 그림을 그리는 여자. 기자 생활 및 공직에서 오랫동안 자기 분야를 개척해 온 여자. 글 쓰는 여자. 이렇게 세 여자가 모이면 온 세상이 무지갯빛이다. 나이는 물론 하는 일도 다르지만 만나서 이야기꽃을 피우다 보면 공감하는 부분이 많다. 영혼이 통하는 관계이기 때문이다. 정치, 경제, 문화 등 모든 분야에 관심이 많아 어떤 이야기를 나누어도 막힘이 없다. 살아온 분야가 다르면서도 같기 때문이다. 모두가 사회생활을 하면서도 가족을 향한 헌신과 사랑이 깊은 것 또한 잘 통했다. 나중에는 남편들까지 함께 만나게 되었는데 그때는 또 다른 우정을 느끼게 된다. 만나면 만날수록 새로움을 느낀다. 서로 이야기하다 보면 얼마나 눈빛들이 따뜻한지, 연애하는 기분 못지않게 즐겁다. 이들과의 관계는 학연이나 지연과 아무 상관없지만, 영원을 향해 가는 동지임에 틀림없다.

그 밖에도 일하면서 만나 우정을 쌓은 다른 친구들과도 인생의 희로애락을 함께 나누고 있다. 그들을 만나면 시간 가는 줄 모르고 이야기꽃을 피운다. 일을 떠난 자리에서 만나도 늘 반갑고 기쁘다. 나이와 일, 그리고 사는 모습은 다르지만 서로를 향한 우정의 깊이는 같다. 시간이 지남에 따라 우정의 샘도 더 깊어지고 있다.

연애는 짜릿한 행복은 있어도 변할 가능성이 많다. 하지만 여자의 우정은 쉽게 변하지 않는다. 무덤까지도 함께 갈 사이이기에. 그만큼 여자들이 서로를 향해 쏟는 열정은 대단하다.

'여자의 우정, 섹스 없는 연애'라는 말에 공감의 표시로 백만 송이 장미를 던지고 싶다.

혼자 놀 줄 알아야

주위에 만나기만 하면 말끝마다 "우리 남편이…… 우리 아들이…… 우리 딸이……" 이런 말을 빼놓지 않는 사람이 있다. 때로는 몸까지 배배 틀며 남편과 자식을 들먹인다. 남편과 어디를 갔고, 무슨 음식을 먹었고, 애들이 어디를 데려갔고 등등. 혼자서는 화장실도 못 가는 사람 같다. 오랜 세월 지켜본 결과 그 증상이 나이가 들어 갈수록 점점 더 심해졌다. 어쩌다 모임을 갖기 위해 약속 시간을 정하려 할 때마다 그녀 때문에 제동이 걸리곤 했다.

"우리 남편이 그때 혼자 집에 있어서……. 나 혼자 나가는 거 싫어해서……. 밥 때 피해서 만나면 안 될까?"

머리가 띵해지는 순간이다. 남편 밥 한 끼 챙기는 일 때문에 많은 사람들을 힘들게 하다니. 나중에는 모임에서 그녀를 아예 열외시켰다. 일단 서로 시간을 맞춘 뒤 그녀에게 통보하는 식으로 하지 않으면 약속을 잡기 어려웠기 때문이다.

죽을 때도 남편이나 자식과 같이 갈 것인가? 잘못된 것은, 그렇게 남편이나 가족에 둘러싸여 사는 것을 매우 가족적이고 헌신적인 삶을 살았다고 착각하는 거다. 여자는 남자에게 의지하고 사는 게 마치 현모양처의 본질인 양 연약한 여성상을 스스로 만들어 가는 것이다. 어쩌면 가부장적인 가정에서 자란 탓일 수도 있다. 그녀의 경우는 정도가 좀 심한 편이지만, 많은 여성이 혼자 결정하거나 행동하기를 꺼린다.

혼자 놀기의 매력을 알고 나면, 곁에 누군가 있어야 한다는 강박관념에서 벗어날 수 있게 된다.

나는 오랫동안 프리랜서로 일해 왔다. 방송국이든 잡지사든 출판사든 일 때문에 가보면 내가 앉아 있을 자리가 없었다. 그저 담당 피디나 기자를 만나 원고를 전해 주면서 이야기를 나눠야 했다. 그뿐인가. 식사 때가 되면 슬며시 자리를 피해 주어야 할 경우도 있었다. 누가 뭐라 해서가 아니라 스스로 위축되었기 때문이다. 어딘가에 소속되어 있지 않은 사람이 느끼는 쓸쓸함을 안고 혼자 김밥이나 우동을 사 먹곤 했다.

사람 많은 음식점에 들어가 혼자 밥 먹는 일은 무척이나 어색했다. 하지만 열심히 일했으니 재충전을 위해 영양 보충을 하는 시간이라 여기고 즐기면서 먹자는 생각이 들었다. 처음에는 눈치도 보이고 왠지 목젖이 아프기도 했다. 하지만 생각을 바꾸니 당당해졌다.

'열심히 내 일을 마친 다음에 먹고 싶은 것을 골라 먹는 기쁨. 한정된 시간에 쫓기지 않으며 여유롭게 차 한 잔까지 곁들이는 식사.'

쭈뼛거릴 이유가 없었다. 밥을 혼자 먹게 되니 무슨 일이든 혼자 하는 것이 쉬워졌나. 지금은 오히려 무엇이든 혼자 하려는 경향이 강해서 걱정일 정도다.

혼자 밥 먹는 훈련이 되면서부터 시간이 허락될 때마다 나는 혼자 영화관에도 들르고, 좋은 전시회가 있으면 체크해 두었다가 찾아가고, 가끔은 훌쩍 기차 여행을 떠나기도 한다. 그럴 때마다 방전된 내 삶에 활기가 생긴다. 그야말로 살맛이 나는 것이다. 돈이 많이 드는 것도 아니고, 특별한 절차를 밟아야 되는 것도 아니다. 단지 혼자 할 수 있다, 혼자 즐길 수 있다는 의식만이 필요할 뿐이다.

혼자 놀아 보니 자유롭고, 얻는 것도 많고, 시간도 절약되는 일이 많다. 그래서 나는 친구들을 만날 때마다 늘 강조한다. 혼자 밥 먹는 것을 즐길 줄 알아야 하고, 혼자 여행을 떠날 줄도 알아야 하고, 혼자 극장에서 자신이 좋아하는 영화를 감상할 시간을 내야 하고, 혼자 사우나에 가서 뒹굴 줄도 알아야 한다고.

나는 칼바람이 부는 겨울을 제외하고는 밤마다 집 근처의 낙산을 걷는다. 거의 매일 혼자서. 예전에 시민아파트가 있던 자리에 서울시에서 공원을 만든 때로부터 지금까지 비가 오나 눈이 오나 걷고 또 걸었다. 민둥산처럼 허허벌판이던 산에 나무가 자라고 꽃이 피는 것을 보면 행복한 마음이 절로 든다. 계절마다 피고 지는 꽃들의 이

름을 가슴에 안으며 성곽 길을 걷는 일 또한 엄청난 기쁨이다.

나는 홀로 걸으며 그날그날 가슴속에 품었던 분노와 미움을 내려놓는다. 그 자리를 미처 무릎 꿇고 드리지 못한 기도로 가득 채운다. 간절한 마음으로 속속들이 내 마음을 털어놓고 기도드리다 보면 등이 땀으로 흥건히 젖는다. 하늘로부터 내려오는 은총을 덧입는 시간이다. 흐르는 땀 속에 내 안의 오물들이 씻겨 나가는 걸 온몸으로 느낀다. 사람들과 우르르 몰려다닐 때는 절대 느낄 수 없는 희열감이다. 그 맛에 밤마다 나는 사막을 홀로 걷는 심정으로 걷고 또 걷는지도 모른다.

어차피 인간은 혼자다. 주위 사람들과 잘 어울려 사는 것도 중요하지만, 오롯이 자기만의 시간을 즐기며 산다면 덜 외롭지 않을까. 외로움을 견디는 것도 훈련이다. 존재론적인 허탈과 허무, 쓸쓸함을 이길 힘은 누군가가 대신 해결해 주지 못한다.

친구, 남편, 자식이 가슴속에 일렁이는 바람을 잠재울 수 있을까? 아니라고 생각한다. 아니, 혼자라는 외로움을 알기에 친구가 소중하다는 것을 더욱 가슴으로 느끼게 되는 것이다. 늘 누군가에게 의지하다가는 정작 혼자가 되었을 때 심각할 정도로 휘청댈 것이다. 남자든 여자든 결국 혼자 남게 된다. 그때를 대비해 혼자 노는 법을 미리 습득하는 것도 노후 대책의 하나가 아닐까 싶다.

아기가 걸음마를 시작하듯 지금부터 시작해 보자. 혼자 놀기. 알면 알수록 오묘한 맛을 느끼게 될 것이다. 경험했기에 자신 있게 말할 수 있다.

공부가 이렇게 재밌을 줄이야

일 없이 하루 스물네 시간을 보낸다는 것은 지옥이다. 품 안의 자식들도 모두 독립하여, 남편과 아내 단둘이 한 집에 머물 경우 더욱 그렇다. 일 년이란 시간은 쏜살같지만, 하루라는 시간은 겨울밤처럼 길기만 하다.

자살한 사람들 중에는 특별한 아픔이 있는 경우도 많지만, 일상의 지루함 때문에 우울증에 걸려 극한 선택을 하는 경우도 많다고 한다. '어제가 오늘 같고 내일 또한 오늘처럼 지루한 장마 같은 나날'에서 오는 권태로움, 희망 없음, 무력함, 존재 이유 없음…….

할 일이 없다고 주저앉을 필요는 없다. 요즘은 조금만 관심을 갖고 찾아보면 얼마든지 소일거리를 찾을 수 있기 때문이다. 문화센터

나 복지관 등의 프로그램도 날로 업데이트 되어 고객을 기다리고 있다. 수강료도 비싸지 않고, 어떤 강좌는 무료로 진행되기도 한다. 강사들도 지자체에서 강의료를 주고 모셔 온 수준 높은 분들이라 꽤 유용한 정보를 얻을 수 있다.

얼마 전에 정신과 의사인 이근후 박사의 책《나는 죽을 때까지 재미있게 살고 싶다》를 감명 깊게 읽었다. 이 박사님은 일흔이 넘은 나이에도 사이버 대학에 등록해 공부를 시작했다. 의학박사가 학벌 취득을 위해 공부한 것은 아닐 것이다. 다만 자신이 해보고 싶었던 공부를 시작한 것이다. 학생 중에 나이가 가장 많으면서도 가장 좋은 성적으로 졸업했을 정도로 공부가 재밌었다고 한다.

이 책 속에는 박사님의 생활을 살짝 엿볼 수 있는 부분이 많았다. 어느 눈 오는 날, 박사님은 별 스케줄도 없고 해서 왠지 심심했다. 박사님은 그동안 만나지 못한 지인이 사는 외곽도시까지 대중교통을 이용해 찾아간다. 종일 못다 한 이야기를 나누고 돌아오며, 춥다고 나이 들었다고 방 안에 가만히 앉아 있었더라면 그날 누린 기쁨을 절대 맛보지 못했을 것 아니냐고 썼다.

다른 사람들 같으면 눈도 오고 나이도 들 만큼 들었으니 사회적인 체면 때문에라도 누군가를 먼저 방문할 생각조차 않을 것이다. 참으로 멋진 분이라는 생각이 들었다. 나도 이근후 박사님처럼 나이 들어서도 머물지 않고, 무슨 일이든 적극적으로 나서서 내 것으로 만드는 삶을 살고 싶다. 반드시 그럴 것이다. 머물면 죽는 것이다. 눈감는 그 순간까지 새로운 세계를 탐구하는 것, 샘솟는 삶의 비결이 아닐까.

　나의 친정어머니는 그야말로 시골 무지렁이 촌 할머니다. 열여섯 살에 아버지에게 시집오기까지 부엌데기로 사셨다고 한다. 어느 날부턴가 어머니는 교회에 다니기 시작하셨는데 놀랍게도 찬송을 모두 외워서 부르셨다. 하지만 한글을 못 깨우치신 탓에 성경만큼은 어찌 해결할 수 없어 못내 한이 되셨던 것 같다. 자식들이 모두 도회지에 나가 있으니, 속 시원히 누군가에게 가르쳐 달라고 할 수도 없었다.

　그런데 교회에서 어머니처럼 문맹인 노인 분들을 위해 한글학교를 열었다. 추운 날에도 어머니는 공책이 든 가방을 들고 열심히 다니셨다는 걸 나중에 알았다. 솔직히 나는 어머니가 한글을 못 읽으시는 줄 까마득히 몰랐다. 한글을 깨우치신 어머니는 내가 전화를 할 때마다 어린아이처럼 들뜬 목소리로 말씀하셨다.

　"오늘은 시편을 읽었는데 어찌 그리 꿀같이 다냐. 한 글자 한 글자 내가 직접 읽으니 더 맛있어. 고맙다."

　어머니는 마치 내가 한글을 깨우치게 해드리기라도 한 것처럼 늘 내게 고맙다고 했다. 콧등이 찡했다. 까막눈인 어머니가 신식 공부를 한 아버지와 사느라 힘드셨다는 것도 아주 뒤늦게 알았다. 늦게나마 어머니는 한을 푸신 듯 늘 행복해하셨다. 내 안의 결핍을 '앎'의 과정을 통해 채워 간다는 것은 위대한 일이다.

우리는 나이 들어 가는 것이 마치 무슨 훈장이나 되는 것처럼, "이 나이에 뭘……"이라는 말을 달고 산다. 그런 모습이면 나이보다 십 년은 더 늙어 보인다는 걸 모르는 것 같다.

이 땅에는 배워야 할 것이 너무 많다. 내가 미처 깨닫지 못하고, 가보지 못하고, 접하지 못했던 일들이 널려 있다. 우리는 진짜 보석 을 보지 못한 채 그대로 죽어 가는지도 모른다. 몸은 조금 힘들더라 도 천천히 배워 나가면서 지식과 지혜의 탑을 쌓아 가는 기쁨. 그 항 아리를 채우는 작업은 무료함을 달래는 차원이 아닌, 또 다른 삶의 희열을 느끼는 소중한 시간이 될 것이다.

나는 조금 한가해지면 영어 회화를 다시 시작하려고 한다. 아울러 중국어도 배우고 싶다. 내가 그토록 꿈꾸는 세계 일주를 하려면 우 선 의사소통이 되어야 하니까.

평생 공부! 자칫 지루해지기 쉬운 중년의 시간에 이보다 큰 활력 소도 없을 것이다.

어느 날 갑자기 이별이

감동 깊게 본 영화는 두 번, 세 번을 보아도 질리지 않는다. 아니, 볼수록 깊은 감동을 느끼게 된다. 2008년도에 상영된 도리스 되리 감독의 〈사랑한 후에 남겨진 것들〉이라는 영화는 노부부가 파란색 스웨터로 함께 등을 감싸고 있는 멋진 포스터가 인상적이다.

독일의 시골 마을에 한 노부부가 한가한 나날을 보내고 있다. 자식들은 모두 대도시로 나가고 부부만이 느리게 흘러가는 시간 속에서 서로를 바라보고 있다. 그러던 중, 어느 날 남편이 시한부 인생이라는 사형선고를 받게 된다.

반평생을 같이 살아온 남편이 죽음을 코앞에 두었다는 사실에 아내는 경악을 금치 못한다. 남편은 자신의 병명을 알지 못한 채 여유롭게 어제와 같은 오늘을 보낸다. 아내는 사랑하는 남편이 곧 죽을 것이라는 사실에 슬퍼하면서도 정작 당사자에게 말해 줄 수가 없어 고민을 하다가 이벤트를 준비한다. 자식들이 살고 있는 도회지로 여행을 떠나기로 마음먹은 것이다. 하지만 연락도 없이 자식의 집을 찾아간 노부부는 아들의 냉대에 씁쓸한 마음으로 다시 길을 떠난다.

이 장면을 보면서 참 씁쓸했다. 자식들은 늘 바쁘다 보니 느닷없이 찾아온 부모님이 반가울 리 없어 불청객이 될 수밖에 없다. 경쟁 사회에서 먹고살려면 당연한 일일 수도 있다. 자신을 낳아 키워준 아버지가 소식 없이 찾아왔다고 퉁명스레 굴면서 데면데면한 눈빛으로 바라보던 아들의 얼굴이 오랫동안 잊히지 않을 것 같다.

아들의 집을 나서는 노부부의 모습이 겨울나무처럼 쓸쓸해 보였다. 남자는 바다에 가고 싶다고 한다. 아이들과의 아름다운 추억이 있고, 아내와 열정적인 사랑을 나누던 바다가 그리웠던 것이다. 바다를 거닐며 남편은 추억을 되살리고, 아내는 미래를 상상하며 불안해한다. 단 한 순간이라도 더 남편과 함께하고 싶은 아내의 눈빛이 붉은 노을처럼 슬퍼 보였다.

해변을 거니는 노부부의 모습이 클로즈업되면서 불길한 음악이 화면 전체를 덮는다. 남편을 보내기 위해 이별 여행을 계획했던 아내가 뜻하지 않게 먼저 죽음을 맞은 것이다. 갑작스런 아내와의 이별로 절망 속에서 지내던 남편은 아내의 물건을 정리하다 사진첩을 발견한다. 그 속에는 젊은 아내가 부토 춤을 추고 있다. 남편은 문득 한 가지 사실을 깨닫는다.

'아내의 꿈이 부토 춤을 추는 것이었는데 나와 결혼해서 사느라 포기했었구나. 지금이라도 아내가 그토록 가고 싶어 했던 후지 산에 가보자.'

뒤늦은 후회로 남편은 아내를 위한 일본 여행에 나선다. 남편은 자신이 시한부 인생이라는 것을 알지 못한 채 그저 아내를 추모하는 마음만으로 길을 떠난 것이다.

부토 춤은 그림자와 하나가 되는 춤이다. 실체와 그림자가 하나가 되는 것. 영화에서는 남편과 아내가 하나라는 것을 암시하기 위해 부토 춤을 보여주는 것 같았다. 남편은 오랜 기다림 끝에 흰 눈에 덮인 후지 산을 보게 된다. 그러고는 자신도 모르게 후지 산이 잘 보이는 호숫가로 찾아가 부토 춤을 추다가 죽어 간다.

〈사랑한 후에 남겨진 것들〉은 애잔하면서도 많은 생각을 하게 했다. 느닷없이 찾아온 부모를 낯선 손님처럼 귀찮아하는 자식들. 그래도 자식들과의 추억이 담긴 곳에 가고 싶어 하는 부모 마음. 아내의 주검을 눈앞에 둔 남편의 절망 어린 외마디 비명 등등……

이 영화의 주인공처럼 덤덤한 듯하면서도 서로를 끔찍이 사랑하며 살았던 부부를 알고 있다. 그 선배는 방송 일도 많이 하고 소설도 쓰느라 늘 바빴다고 한다. 살갑지는 않았어도, 남편을 늘 친구 삼아 살아왔기 때문에 외로움을 몰랐다고 한다. 그랬던 선배가 어느 날 갑자기 남편이 저세상으로 간 뒤 완전히 딴사람이 되어 갔다. 그토록 당당하고 꼿꼿하던 분이 볼 때마다 얼굴 가득 눈물이었다. 남편이야기만 나와도 왈칵 울음을 쏟는 바람에 주변 사람들은 당혹스러워했다.

남편이 쓰던 물건 중 그 어느 것 하나 치울 수가 없어 삼 년 동안 그대로 놔두었고, 어딜 가도 남편 목소리가 들리는 것 같아 잠을 잘 수가 없노라고 했다. 하루하루가 그리움의 연속인 듯싶었다. 문단 모임에도 나오지 않고, 친구들도 만나지 않은 채 오직 먼저 간 남편만을 그리워했다. 그나마 손자의 재롱이 있어 간신히 하루하루를 버티는 것 같았다.

그렇게 삼 년 정도 지나고 선배가 서서히 옛 모습을 회복하는 것처럼 보여서 나는 속으로 다행이다 싶었다. 어느 날, 지방 행사에서 선배와 같이 앉아 이야기를 나눌 기회가 있었다.

"이별도 준비가 필요하다는 말…… 남이 할 때는 대수롭지 않게 여겼는데 막상 당하고 보니 실감이 나네요. 남편이 먼저 갔다고 이렇게 심하게 마음앓이를 할 줄은 나도 몰랐어요. 누구나 죽는 건데…… 담담하게 받아들일 줄 알았는데…… 단 한 번도 남편이 나보다 먼저 죽을 거라고는 생각하지 못했거든요."

그날 선배가 한 말이 내 귓가를 떠나지 않았다. 어느 날 갑자기 내 옆에 늘 존재하던 사람이 사라진다면? 생각만 해도 가슴이 아릿해왔다.

"당신, 나보다 먼저 죽으면 안 돼. 나 운전 배우지 못하게 한 사람이 당신이잖아. 나 아프면 병원에 데려갈 사람도 당신뿐이라는 것을 잊지 마. 나보다 오래 살아야 해."

평소 남편에게 농담처럼 하는 말이다. 요즘은 생각이 조금 바뀌었다. 지금이라도 운전면허를 따야 하는 게 아닌가 싶다. 자식들에게 짐이 되지 않기 위해서도 그렇고 나보다 다섯 살이나 많은 남편을 생각해서도 그렇고. 죽는 건 순서가 없다고들 하지만 말이다.

부부는 배우자가 죽고 나면 다른 한쪽도 금방 따라 죽는다고 한다. 그만큼 사별이 주는 충격이 크다는 것이다. 그래서 옛 어르신들이 남편은 아내가 혼자 살아갈 수 있도록 살아생전에 훈련을 시켜야 한다는 말을 한 것 같다.

"있을 때 잘해! 후회하지 말고."

갑자기 유행가 한 구절이 명언처럼 느껴지는 걸 보면, 내가 나이를 먹긴 했나 보다.

혼자 살든 함께 살든

다시 함께하는 삶

주위에 보면 홀로 나이 들어 가는 사람이 의외로 많다. 배우자가 병으로 먼저 세상을 떠난 경우도 있고, 돌싱도 있다. 각기 사연은 다르지만 혼자 사는 일이 고독한 건 사실인 듯싶다. 젊을 때보다 중년에 혼자 사는 게 더 힘들어 보이는 것 같다. 칠레 영화 〈글로리아(Gloria)〉를 보아도 그렇다.

주인공 글로리아는 입가에 주름이 지긴 했어도 여전히 매혹적인 오십 대 후반의 싱글녀다. 혼자 된 지 십 년이란 세월이 지났지만 늘 고독하다. 그녀는 가슴에 바람이 일렁일 때마다 싱글 클럽에 가서 춤을 춘다. 그녀의 춤은 몸부림처럼 처절하다. 그 클럽에서 글로리이는 노신사를 만난다. 그는 이혼한 지 일 년밖에 되지 않아 싱글 생활에 익숙지 않은 상태. 둘은 만나자마자 뜨거운 열정을 불태우면서 연애를 시작한다.

여자는 새로 시작된 만남이 마지막 사랑이길 원한다. 그녀는 남자와의 새로운 생활을 꿈꾼다. 그래서 아들에게 남자를 소개하기도 한다. 하지만 남자는 징징대는 전처와 자식들 일에 끌려 다니느라 정신이 없다. 홀로서기에 익숙지 못한 남자에게 여자는 "이제는 자기 인생을 살 때가 아닌가?"라고 조언한다. 하지만 남자는 여전히 옛 생활에서 벗어나지 못하고 전처의 하수인 노릇을 하며 산다. 글로리아는 그런 남자의 모습에 실망하고 등을 돌린다. 그리곤 다시 싱글 클럽에 가서 흐느적거리며 춤을 춘다. 또 다른 남자를 향한 간절한 눈빛으로. 그녀의 모습이 유난히 슬퍼 보였다.

끝없이 사랑을 갈구하며 춤추는 중년 여성의 모습이 참 많은 것을 시사한다. 고독과 자유 그리고 욕망 등으로 가득한 눈길 속에는 '누군가와 함께하는 삶'에 대한 염원이 들어 있었다. 아직도 놓지 못한 이성을 향한 뜨거운 욕망이 왠지 안타깝게 여겨지는 영화다.

혼자 산다는 건 갈망의 연속인 듯싶다. 나는 혼자 사는 이들을 볼 때마다 정말 마음 맞는 사람을 만나 '또 다른 가족'을 만들었으면 하는 마음이 간절할 때가 많다.

얼마 전에 오랫동안 홀로 살던 친척 언니가 재혼을 했다. 결혼식은 가까운 친척과 친지들이 모여 식사 한 끼 하며 얼굴 익히는 자리로 대신했다. 나와는 어려서부터 친하게 지낸 터라 나는 그녀의 뒤안길을 속속들이 알고 있는 편이다. 재혼할 남자 분을 미리 소개할 정도로 언니는 나를 많이 믿어 주는 편이다.

언니의 삶은 영화보다 더 드라마틱했다. 언니의 미모는 어딜 가든 빛났다. 솔직히 〈글로리아〉의 여주인공보다 더 멋지다. 후리후리한 키에 동양적인 마스크를 겸한 미인이라 주위의 관심을 한 몸에 받았다. 언니는 그림을 전공한 재능을 살려 젊어서부터 사업을 시작했다. 그러다 평범한 회사원과 결혼했는데 남편이 바람을 피워 졸지에 이혼을 하게 되었다. 혼자 살게 된 언니 곁에는 온갖 남자들이 들끓었다. 이미 남자에 대해 많은 것을 포기한 언니는 다시 결혼하고 싶은 마음은 없고, 돈을 벌 생각으로 시내에 카페 겸 술집을 차렸다. 언니의 수려한 외모 덕분인지 장사는 꽤 잘되었던 것 같다. 그러자 건물 주인이 가게를 내놓으라고 해서 권리금도 못 받고 그만두게 되었다.

이 땅에서 여자 혼자 몸으로 살아간다는 것이 얼마나 힘든지 언니를 통해 실감했다. 나중에는 식당에서 서빙까지 했는데 몸이 힘들어 이틀 일하면 하루는 누워 있어야 했다. 자연히 수려했던 외모도 지는 목련처럼 시들어 갔다. 나중에는 알코올 중독까지 갈 지경이 되어 곁에서 보기 힘들 만큼 인생의 벼랑 끝에 서 있었다.

그토록 온갖 풍파를 다 겪어 온 언니가 나이 차이는 있지만, 진심으로 아껴주고 사랑해 주는 남자를 만나 재혼한다니 만감이 교차했다. 언니도 형부도 자녀들이 모두 독립한 상태라 짐이 될 일도 없어 다행이었다. 두 분이 새신랑 새색시처럼 환하게 웃는 모습을 보니 왠지 가슴이 저릿했다.

"정말 잘 살았으면 좋겠어, 언니. 이 부부처럼 살라고 책 한 권 샀어."

나는 언니에게 미음으로 준비한 선물과 함께 책 한 권을 건넸다. 내가 평소 감동 깊게 읽은 《D에게 보낸 편지》라는 책이다. 지은이인 앙드레 고르가 아내 도린에게 바친 연서(戀書)다. 사르트르는 앙드레 고르를 "유럽에서 가장 날카로운 지성"이라고 평가했다. 그는 아내가 불치병에 걸리자 공적인 활동을 접고 이십 년간이나 간호를 했다. 지극정성으로 간호했음에도 아내의 병이 날로 깊어지자 앙드레 고르는 자택에서 아내와 동반 자살을 하여 충격을 주었다. 죽기 전에 그가 아내에게 쓴 편지 내용이 절절하기 그지없다. 그중 한 부분을 인용해 본다.

당신은 내게 삶의 풍부함을 알게 해주었고, 나는 당신을 통해 삶을 배웠습니다. 당신은 곧 여든두 살이 됩니다. 키는 예전보다 6센티미터 줄었고, 몸무게는 겨우 45킬로그램입니다. 그래도 당신은 여전히 탐스럽고 우아하고 아름답습니다. 함께 살아온 지 쉰여덟 해가 되었지만, 그 어느 때보다도 더, 나는 당신을 사랑합니다. 내 가슴 깊은 곳에 다시금 애타는 빈자리가 생겼습니다. 내 몸을 꼭 안아 줄 당신 몸의 온기만이 채울 수 있는 자리입니다.

이 편지를 여든세 살의 할아버지가 여든두 살의 할머니에게 쓴 것이라고 하면 누가 믿을까. 나도 사랑과 헌신으로 가득 찬 편지를 받을 날이 있기를 기대하며 이 책을 읽곤 했다.

나는 훗날 굽이굽이 인생길을 돌아서 온 언니가 재혼한 형부와 고르 부부처럼 살았다는 이야기를 듣고 싶다. 서로 주고받는 눈빛이 따뜻한 것으로 보아 충분히 그러고도 남을 것 같다.

만약 중년에 피치 못할 사정으로 홀로 사는 사람이 있다면, 적극적으로 동반자를 구해 보는 것도 좋을 듯싶다. 물론 욕망의 대상이 아닌 영혼을 나눌 수 있는 사람이면 좋겠다. 〈글로리아〉에 나오는 욕망을 좇는 불나방 같은 사랑은 허무하다. 반드시 재혼이 아니더라도 평생 동행자가 되어 줄 수 있는 친구 같은 연인 관계가 멋져 보일 때도 있다. 물론 선택은 그들 몫이지만.

혼자의 삶

내 주위에는 오십이 넘도록 독신으로 살아온 여성이 몇 있다. 그들의 삶을 곁에서 보며 많은 생각을 하게 된다. 나는 그들이 남다른 삶을 산다고 생각해 본 적이 없다. 그저 다양한 삶의 한 부분이라고 생각한다.

아직 우리 사회에는 '오십이 넘도록 결혼을 안 하고 혼자 산다는 건 문제가 있거나, 특별한 사연이 있을 것'이라는 편견을 갖는 사람들도 있다. 실은 그렇지 않은 경우가 더 많다. 결혼한 사람들도 각기 삶의 무늬가 다르듯 독신 또한 마찬가지다.

오랫동안 친구로 지내온 S 교수는 독신을 즐기며 사는 여성이다. 그녀는 '똑똑한 여자'라는 이미지가 강하다. 매사에 철저한 성격이며, 무엇보다 독립심이 강해 누군가의 도움을 받지 않고 혼자 잘 산다. 그렇다고 독단적이거나 이기적이지도 않다. 겉으로는 강해 보이시만 실제로는 매우 섬세하고 여성스러운 면이 많다. 이목구비가 뚜렷해서 눈에 띄는 외모와 균형 잡힌 몸매로 젊은 시절엔 꽤 많은 남성들의 눈길을 받기도 했다. 그럼에도 그녀는 지금까지 독신이다. 내가 아이 낳아 키우느라 정신없을 때 그녀는 유학을 떠났고, 박사 학위를 얻었고, 돌아와 대학 강단에 서게 되었다. 언젠가 왜 결혼을 안 하느냐고 물었더니, 아주 담담한 표정으로 말했다.

"나는 이상하게 어려서부터 독신으로 살고 싶었어. 결혼에 별 관심이 없었던 거지. 공부하느라 시간이 없기도 했고."

그래서인지 그녀는 외롭다거나 고독해 보인 적이 별로 없다. 자기 삶을 즐기며 영역을 넓혀 가느라 분주한 삶이기도 했지만 독신이 잘 맞는 것 같았다.

어느 봄날이었다. 벚꽃이 만발해 온 천지가 향연장 같은 길을 걸으며 우리는 많은 이야기를 나누었다. 나는 오랫동안 궁금했던 질문을 했다.

"결혼 안 하고 산 것 후회했던 적 없어? 외롭지는 않고?"

그녀는 대답 대신 거꾸로 내게 질문했다.

"결혼했던 것 후회한 적 없어? 둘이 사는 사람은 외롭지 않아?"

할 말이 없었다. 결혼은 해도 후회, 안 해도 후회한다는 흔한 말로 그녀는 나의 질문에 답했다.

"나는 결혼해서 얻은 자식은 없지만 제자를 얻었고, 자유의 시간을 누렸고, 가족이라는 이름으로 나를 얽어매는 것이 없잖아. 외로울 때도 많았어. 특히 명절이나 몸이 아플 때 이렇게 죽어 가는 건가 싶을 만큼 불안해지기도 해. 하지만 나는 여전히 혼자 사는 것이 자연스러워. 아마 불편했거나 외로움을 견딜 수 없었다면 진작 결혼했을 거야."

그녀는 독백하듯 자기 속내를 드러내 보였다. 나도 모르게 고개가 끄덕여지는 순간이었다. 아니, 좀 더 솔직히 말하자면, 나는 가끔 그녀가 부러울 때가 있다. 자신이 꿈꾸던 세계를 향해 끊임없이 공부해서 그 분야에서 선두 주자가 되어 있을 뿐 아니라, 가끔 해외 연수를 떠나는 모습을 볼 때면 더욱 그랬다. 더구나 그녀의 확고한 자리가 눈물 어린 노력의 산물이라는 것을 알기에 더욱 그렇다.

결혼한 부부 세 쌍 가운데 한 쌍은 이혼한다는 말을 실감할 때가 있다. 주위에 돌싱녀가 많은 것을 보아도 그렇다. 예전에는 이혼한 사실을 쉬쉬하며 사는 경우가 많았다. 이혼한 사실이 주위에 알려지면 부당한 대접을 받거나 시선이 집중되기 때문이다. 나였어도 그런 시선을 받는 게 부담스럽고 싫을 것 같다.

이혼한 친구나 후배를 곁에서 가만히 살펴보면 두 가지 부류로 나눌 수 있다. 혼자 사는 것이 외로워 금방 재혼을 하는 경우와 결혼 생활이라면 지긋지긋하다는 경우다.

내가 아는 프리랜서 작가는 이혼 후 돌싱으로 살면서 변신에 변신을 거듭했다. 그녀는 남편의 술주정과 폭력에 시달렸다고 한다. 이게 아니다 싶으면서도 자식 문제며 통장 잔고 때문에 이혼할 수 없었다. 견디다 못해 그녀는 어느 날 결단을 내렸다. 평생 남편이라는 감옥에 갇혀 살아갈 힘으로 혼자 서보자는 결의였다. 처음에는 몇 푼 안 되는 원고료만으로 살아갈 앞날이 불안했다. 그래서 그녀는 보험설계사라는 새로운 일에 도전장을 냈다. 자본 없이도 성실과 열정만 있으면 성공할 수 있다는 동료의 설득에 용기를 얻었다고 한다. 물론 요즘은 나이 제한도 있고 해서 보험설계사가 되는 길이 쉽지는 않지만 마흔 초반이었기에 가능한 일이었다.

그녀는 먹고사는 문제가 걸린 만큼 발바닥에 불이 날 정도로 열심히 개척해 나갔다.

"나도 내 속에 이런 능력이 있는 줄 몰랐어요. 보험은 대부분 아는 사람에게 팔아야 된다고 생각하잖아요. 저는 아는 사람에게는 입조차 뗄 수가 없더라고요. 그래서 개척을 택했지요. 출근하자마자 시장에 나가 장사하는 분들을 사귀었어요. 그분들과 진심으로 가까워지자 스스로 고객이 되어 주었어요. 열심히 발로 뛴 대가를 통장으로 확인한 순간, 진짜 뿌듯했어요. 혼자 살아갈 자신이 생긴 거지요. 난 지금이 너무 행복해요. 남자에게 경제적으로 의지한다는 이유로 감옥 같은 생활을 살았던 시간이 후회될 정도로요."

그녀의 얼굴에는 자신감이 넘쳤고, 자유를 맘껏 누리는 자만의 여유로움마저 느껴졌다. 넌지시 재혼할 생각이 있느냐고 물었더니 강하게 고개를 저었다.

결혼이 선택인 만큼 독신이나 이혼 또한 선택인 세상이 되었다. 그러므로 혼자 사는 여성들에 대해 편견을 갖는 것 자체가 구태의연하다. 나는 생각한다. 결혼해서 평생 잘 사는 것도 아름답지만, 자기 삶을 잘 구축하며 혼자 사는 것 또한 멋진 인생이라고.

죽을 때 단 한 푼도 가져가지 못할 돈.
살아 있을 때 베풀면서 즐겁게 살면 좀 더 행복해지지 않을까?
돈이 우상이 되거나 삶의 목표인 사람은 절대 행복할 수 없다.
돈에서 자유로울 때 진정한 자유로움을 누린다는 것은
경험해 본 사람이라면 누구나 알 것이다.

중년에
피해야 할 꼴불견
여섯 가지

아무나 가르치려 드는 여자

나이와 함께 연륜이 쌓이는 건 당연한 일이다. 그래서 중년에게는 젊은 사람이 가질 수 없는 중후함이 있다. 그 중후함이란 무엇인가? 흔들림이 없는, 어떤 일 앞에서도 담대함을 잃지 않는 것이다.

그러나 자신의 경험이나 연륜을 너무 믿는 나머지 눈살을 찌푸리게 하는 경우가 종종 있다. 워낙 산을 좋아해서 다니다 보니, 회원은 아니면서 뜨내기처럼 나가는 산악회가 있었다. 그 산악회는 특이하게도 여성 분이 회장이었다. 나보다 나이는 들어 보이지만 산을 많이 타서인지 몸매가 단단했다. 회장은 술도 잘 마시고 노래도 잘해서 어딜 가든 분위기를 이끌어 갔다. 처음 산악회에 들어온 사람들에게 다가가는 친화력도 대단했다. 아무튼 키 작은 여장군이었다.

그런데 정작 회원들은 그 회장을 좋아하지 않는 눈치였다. 슬금슬금 자리를 같이하는 것을 꺼리고 묻는 말에 대답도 않는 등 분위기가 심상치 않았다. 시간이 지나면서 자연히 그 이유를 알게 되었다.

부슬비가 내리던 토요일이었다. 그날은 간단한 차림으로 북한산 둘레길을 돌기로 했다. 모처럼 산행에 참석하게 된 나는 상쾌한 발걸음으로 집결지에 나갔다. 회장은 나를 보자마자 옷차림(등산복 입는 걸 싫어하는 편이라 평상복으로 입었더니)이며 신발 등 시시콜콜 잔소리를 했다. 나는 약간 기분이 상하긴 했지만 애정의 표현이라고만 생각했다. 함께 등반하기로 한 사람들이 약속 장소인 전철역으로 하나둘 모여들기 시작했다. 회장은 보는 사람마다 붙들고 지적했다.

"옷 색깔이 너무 우중충하네요. 이렇게 궂은 날에는 밝은색으로 입고 나오지 그랬어요."

"신발이 그게 뭐예요. 이런 날을 대비해서 방수가 잘되는 것으로 한 켤레 사야지. 돈 됐다 뭐해요?"

"그 지팡이 싸구려죠? 그런 건 안 쓰는 게 나아요. 괜히 잘못했다가 다치기 십상이지."

"오늘 간식 준비는 제대로 해 왔겠지요? 이런 날은 과자 부스러기보다는 과일 말린 게 나은데…… 총무가 그런 감각이 있을라나."

가만히 서서 회장의 잔소리를 듣고 있자니 좀 심하다 싶어 민망했다. 아니나 다를까, 그곳에 모인 회원들의 얼굴이 일그러지는 게 눈에 들어왔다. 아예 듣고 싶지 않다는 듯 등 돌리고 서 있는 회원도 있었다. 몹시 불쾌해 하는 얼굴이었다.

결국에는 회장의 열정적인 모습에 동조하던 사람들마저도 등을 돌리기 시작했다. 그녀는 어디를 가든 나서길 좋아할 뿐만 아니라 누구에게나 훈계를 일삼았다. 특히 젊은이들한테는 더했다. 이건 아니다 싶었다. 남에게 조언을 한다는 것은 애정이 있기 때문이다. 나는 회장이 활달한 성격 등 좋은 점이 많음에도 사람들에게 왕따 당하는 게 안타까웠다.

마침 회장과 오솔길을 걸을 기회가 닿아 조심스럽게 말을 건넸다.

"회장님, 우리 자식들도 잘못된 것을 지적하면 반항을 하잖아요. 회원들은 더하지요. 마음에 안 드셔도 조금 지켜보시는 게 어때요?"

내 말에 회장이 발끈했다.

"내가 뭐 틀린 말 했어요? 보기 싫은 거, 잘못된 거, 자기들 잘되라고 하는 말인데 뭘 그리 옹졸하게 굴어요. 그러니 발전이 없지. 관심이 있으니까 지적하는 거지요. 내가 괜히 나서는 줄 알아요?"

더는 말이 통할 것 같지 않아 나는 입을 닫고 말았다. 그 뒤로 바빠서 그 산악회에 나가지 못했다. 소문에 산악회가 깨졌다고 한다.

이 문제가 그 회장에게만 해당되는 일일까? 아니다. 나도 내가 경험한 것과 다른 행동을 하는 사람을 보면, 나서고 싶었던 때가 있었다. 그런 때에 나 역시도 강요하듯 내 의견을 말했더니 상대방이 몹시 불쾌하다는 표정을 지었다. 그 후로 나는 어떤 자리에서도 아무한테나 훈계조로 말하지 않으려 애쓰는 편이다. 정말 어른으로서 나서야 할 경우가 아니라면, 그냥 지나치는 것이 나을 때가 훨씬 많다. 누군가를 가르치려는 마음이 드는가? 딱 삼 분만 참아 보자.

입은 닫고, 지갑은 열고

큰아이가 초등학생일 때 같이 만나던 엄마들끼리 가끔씩 밥을 먹는 모임이 있다. 꽤 오래 만나다 보니 그 집 수저가 몇 개인지 알 정도로 가까이 지낸다. 그중 철이 엄마 이야기를 조심스럽게 풀어 볼까 한다.

철이네는 남편이 동대문에서 꽤 큰 의료기 상점을 해서 돈을 잘 번다는 소문이 자자했다. 본인 말로도 남편이 밤마다 돈을 자루로 가져와 밤새 돈 세느라 잠을 설친다는 걸 보면 엄청난 부자임에 틀림없다.

부자치고 철이 엄마는 엄청난 구두쇠다. 같이 모여서 밥을 먹을 때면 대부분 회비를 걷지만, 가끔은 이런저런 이유로 누군가 밥을 사기도 한다. 나 같은 경우, 쥐꼬리만 하긴 해도 인세를 받은 날에는 광장시장에 나가 꽁보리밥이라도 사곤 한다. 인세로 받은 백만 원이 남편이 준 천만 원보다 더 크게 느껴지기 때문에 기분 좋게 밥을 사는 거다. 오랜 세월 나를 만나 온 사람들은 그 밥값을 치른 돈의 의미를 알기에 맛있게 밥을 먹는다.

그런데 철이 엄마는 밥이든 차 한 잔이든 선뜻 산 적이 없다. 슈퍼에서 아이스크림조차 사는 것을 본 적도 없다. 가만히 보면 자신을 위해서 돈을 쓰는 것 같지도 않았다. 늘 시장 바닥에서 산 허드레옷이나 짝퉁 가방을 들고 다닌다. 파마하는 데 드는 돈이 아까워 생머리를 고집하는 걸 보면 얼마나 짠순이인가를 알 수 있다. 지독하게 아끼고 절약했기에 부자가 되었다는 건 알지만 너무 인색하다.

그러던 철이 엄마가 오십이 넘어서는 손자까지 안고 모임에 나온다. 손자에게도 그리 돈을 쓰는 것 같지 않았다. 그러면서도 입만 열면 양평에 땅을 샀다는 둥 돈 자랑을 한다. 모임에 나오는 엄마들은 이제 누구도 철이 엄마와 친하게 지내려 하지 않는다. 어느 자리든 으레 얻어먹으려는 태도를 취하는 사람을 누가 좋아하겠는가.

한번은 철이 엄마가 하는 말을 듣고 놀란 적이 있다.

"나는 죽기 전에 절대로 유산을 물려주지 않을 거야. 눈감는 순간까지 집문서며 통장 꼭 쥐고 있어야 자식들이 무시하지 못한다고."

맞는 말일 수 있다. 하지만 이 말이 올무가 되어 가정의 평화를 깰 수도 있다는 걸 그녀는 모르는 것 같다. 돈 뜯어 갈까 봐 자식들에게 너무 인색하게 굴다가 부모 자식 간의 정마저 끊긴 사람들을 보았다. 자식을 독립적으로 키우는 것은 바람직한 일이지만, 돈이 있으면서도 자식의 궁핍 앞에 너무 인색한 것 또한 순리는 아닌 듯싶다. 나이 먹어 가면서 너무 돈에 집착해 움켜쥐고 벌벌 떠는 모습은 정말 꼴불견이다. 구두쇠 생활로 통장 잔고가 늘어나는 걸 보면서 누리는 행복보다 지갑을 열 때 느끼는 희열을 알았으면 좋겠다.

죽을 때 단 한 푼도 가져가지 못할 돈. 살아 있을 때 베풀면서 즐겁게 살면 좀 더 행복해지지 않을까? 돈이 우상이 되거나 삶의 목표인 사람은 절대 행복할 수 없다. 돈에서 자유로울 때 진정한 자유로움을 누린다는 것을 경험해 본 사람이라면 누구나 알 것이다.

지금까지 구두쇠 노릇 하며 통장 잔고 늘리는 재미에 산 사람들은 두 눈 꼭 감고 생각해 보라. 돈 대신 잃는 것이 무엇인지에 대해.

입에는 자물쇠를 채우고, 지갑은 열자.

징징대지 말자

"이 집 반찬은 왜 이렇게 맛이 없어?"

"정말 분위기 더럽게 안 좋다. 꼭 이런 데서 만나야 해? 널린 게 음식점인데."

"니들은 부모 덕분에 넓은 아파트에 고급 승용차에 빵빵 잘사는데……. 난 나이 먹어서도 요 모양 요 꼴이니 정말 짜증 나."

모임에 가면 늘 불만이 가득한 여자. 무슨 일이든 트집 잡는 사람. 정말 피곤하다. 오랜만에 만나는 친구들 얼굴 보는 게 중요하지 진수성찬 먹으려고 온 것은 아니잖은가. 신세타령뿐인가, 시댁은 물론 남편에 대한 불만이 하늘을 찌르고 자식 흉까지 보는 사람도 있다.

그런 친구를 만나면 짜증부터 난다. 그러려니 하고 대수롭지 않게 넘기려 할수록 더 거슬릴 때가 많은 걸 보면 내 성격도 그리 만만하지만은 않은 모양이다. 이상하게도 그런 친구일수록 절대로 모임에 안 빠진다. 어쩌면 나와서 징징대야 살맛이 나는지도 모른다.

그날도 앉자마자 불만투성이 친구의 말을 듣다가 가만히 그녀의 삶을 들여다보았다. 대기업에 잘 다니던 남편이 마흔 조금 넘은 나이에 구조조정으로 자리에서 밀려났다. 그때만 해도 명예퇴직이라 하여 받은 돈이 꽤 되었던 걸로 알고 있다. 그럼에도 친구는 지구가 멸망한 것처럼 남편의 실직을 못 견뎌 했다. 물론 나였어도 걱정이 되었을 거다. 다만 그 정도가 지나치다는 말이다. 남편이 어딘가에 투자했다가 잘 안 되었을 때는 거의 죽음 직전이었다. 모임 자체를 초상집으로 만들어 놓을 기세였다. 곁에서 보기에 안쓰럽고 안됐으면서도, 입만 열면 불평불만을 쏟아내니 도망치고만 싶었다.

나이를 먹어서도 친구는 여전했다. 지금도 여전히 자기 아픈 이야기뿐이다. 사람의 성품이 달라지는 일이 쉽지 않은 줄은 알고 있지만 참으로 질기다. 그 친구의 삶 속에 긍정정인 시선과 웃음소리가 많았다면 좀 더 밝은 세상이 되지 않았을까?

그 친구의 삶을 보며 나는 절대로 남에게 징징대지 말아야겠다고 마음먹었다. 특히 며느리에게는 더욱 그렇다. 내가 시어머니와 살면서 가장 힘들었던 부분도 걱정을 너무 많이 한다는 점이다. 일어나지도 않은 미래의 일에 대해 푹푹 한숨과 함께 잔소리를 할 때면 땅속으로 스며들고 싶었다. 나는 절대 며느리에게 그런 모습을 보이고 싶지 않다.

불만은 또 다른 불만을 잉태한다. 제발 어디서건 징징대지 말자. 더군다나 나이 먹은 여자가 한숨 푹푹 내쉬는 모습은 보는 이마저 불안에 떨게 한다. 힘들어도 안에서 삭이는 훈련을 해보자. 징징댄다고 안 될 일이 잘 되는 것도 아니잖은가. 징징거리다 보면 진짜 울 일이 많아질 수도 있다. 억지로라도 웃다 보면, 진짜 즐거운 일이 많이 생길지도 모른다. 긍정의 힘이란 게 바로 그런 것 아닌가.

당장 거울 앞에서 하하 호호 소리 내어 웃어 보자. 마음속 근심이 십 리 밖으로 줄행랑칠 것이다.

목소리는 작게, 밥은 적게

"열 살 때는 과자에, 스무 살 때는 여인에, 서른 살에는 쾌락에, 마흔 살에는 야심에, 쉰 살에는 탐욕에 이끌린다."

루소의 말이다. 그의 말이 실감 날 때가 있다.

지방 행사에 취재 요청을 받아 참석한 적이 있다. 전국에 있는 회원들이 모여 시상식과 함께 뒤풀이가 마련된 자리였다. 지방에 도착하니 어느덧 해가 뉘엿뉘엿 지고 있었다. 간단히 행사를 마친 뒤 뒤풀이 장소인 행사장 근처 식당에 가니 뷔페가 준비되어 있었다.

그곳에 참석한 회원들은 평균연령이 오십 대가 넘어 보일 만큼 나이 든 분들이 많았다. 그런데 놀라울 정도로 식탐이 많아 보였다. 한 접시 그득하게 가져가고도 모자란 듯 두세 접시를 더 담아 날랐다.

음식을 먹는 모습은 며칠 굶은 사람들처럼 게걸스러워 보였다. 게다가 왜 그리 시끄러운지 옆에 앉아 있기가 부끄러울 정도였다. 입안의 밥알이 튀어나오는 것도 모르고 마구 떠드는 중년의 여자와 남자들. 제발 멈춰 주세요, 달려가 말리고 싶을 정도였다. 목소리는 어찌나 큰지 우렁우렁 하늘을 찌를 듯했다.

하하 호호, 내키는 대로 웃어 젖히며 떠드는 팀은 대부분 중년의 강을 건넌 분들이었다. 호르몬의 변화가 여자들을 용감하게 만든다고 하지만 너무하다 싶었다. 제어 기능이 고장 난 사람들 같았다. 어찌나 시끄러웠던지 옆에 앉은 젊은이들이 자꾸만 흘끔흘끔 돌아보아서 민망했다.

오랫동안 곁에서 지켜본 김혜자 선생님은 참 달랐다. 꿈꾸는 소녀의 모습 그대로를 간직한 채 언제 봐도 조용조용 나긋나긋한 모습이다. 천생 여자다. 선생님은 어딜 가든 말이나 매무새, 행동 등에 신경을 썼다. 단 한 번도 흐트러진 모습을 보인 적이 없다. 김혜자 선생님한테서는 그윽한 향내가 난다. 늘 긴장의 줄을 놓지 않는 것, 그것이야말로 여성성을 간직한 채 아름답게 나이 들어 가는 모습인 듯싶다.

어딜 가나 목청껏 떠들고 맘껏 먹는 여성! 결코 아름답지 않다. 중년이 되면서 남성호르몬의 분비가 많아서 중성화된다고 하지만, 그래도 신경을 써야 한다. 나이 먹어서도 여성성을 유지한다는 건 꽃밭을 가꾸듯 자신을 가꿀 때 가능한 것 아닐까?

자식에게 목매지 말자

　우리나라 여성들의 모성애는 강철을 뚫을 만큼 강하다. 자식 일이라면 무서울 게 없는 사람들이 많다. 내 자식을 좋은 대학에 보내고, 이 땅에서 우뚝 선 존재로 키우는 것. 이 명제만이 엄마들의 사명이자 존재 이유처럼 보일 때가 많다. 그래서인지 여자는 이상하게 학부모가 되면 변한다. 과거에 어떤 사람이었든 상관없이 오직 내 자식이 잘되길 바라는 '믹스된 인간'으로 변한다.

　여기서 믹스된 인간이란, 내가 혼자 내린 정의이다. 아줌마는 예전에 무엇을 하던 사람이든 상관없이 그저 밥하는 여자, 아이 키우는 여자, 남편 내조하는 여자 정도로 인식된다는 말이다. 그렇듯 각자의 개성이나 고유성을 전혀 배려하지 않는 사회 풍토가 못마땅했다. 그래서 더욱 '나는 나'로 살기 위해 안간힘을 썼는지도 모른다. 나를 비롯한 많은 여성들이 말이다.

내 아이를 학교에 보내고 보니 엄마들의 치맛바람이 대단했다. 학원 시간에 맞춰 자동차 대령하고, 간식 챙겨 아이들 쫓아다니느라 '자신'이란 존재는 땅속에 묻고 사는 엄마들. 그들의 작품인 잘나가는 아들과 딸을 결혼시켰다고 해서 엄마의 역할이 끝나는 것이 아니라 문제는 그때부터 더욱 심각해진다. 자신의 청춘과 삶 전부를 바쳐 키운 자식인데 결혼시켰다고 손을 놓을 텐가. 절대 아니다. 오히려 더 집요하게, 더 강하게, 더 구체적으로 간섭하고 챙긴다. 그렇게 모든 걸 챙겨주는 엄마 손에서 로봇처럼 자란 아들과 딸들은 결혼하고 나서도 부모 도움 없이는 아이를 낳아 키울 생각조차 못 한다.

나의 작은아들은 초등학교를 국립학교에 들어갔다. 높은 경쟁률을 뚫고 들어온 만큼 엄마들의 자식에 대한 관심이 엄청났다. 선생님의 말 한마디에 희비가 엇갈렸고, 시험이 끝나면 엄마들의 발길은 바빠졌다. 성적표가 나오는 날은 전쟁 선포라도 한 듯 난리가 나는 걸 직접 보았다. 일하는 엄마인 나로서는 도저히 흉내를 낼 수 없을 만큼 자식에게 목맨 엄마들이 많았다.

그중에 K라는 아이는 어려서부터 수재 소리를 들었다(그 나이에 공부를 잘한다는 것의 기준이 뭔지는 잘 모르겠지만). 수재 아들을 둔 엄마의 열정은 대단했다. 엄마 덕분에 K는 국제중학교와 특목고를 거쳐 일류 대학 경영학과를 나와 대기업에 들어갔다. 그야말로 승승장구 일류 코스를 무난히 통과한 케이스다. 얼마 지나지 않아 K가 결혼한다는 소식이 들려왔다. 며느리도 아들과 비슷한 경로를 거친 엘리트 여성인 것을 결혼식장에서 알았다.

하지만 수재 소리 들으며 살았다고 해서 인생도 수재로 사는 건 아니었다. K는 결혼한 지 일 년도 안 되어 이혼했다고 한다.

"그 며느리가 얼마나 똑똑하겠어. 그런데 일일이 간섭하고 나서 니 요즘 젊은 며느리가 참고 살겠어? 심지어는 며느리 배란일까지 참견했다는 소문이 돌던데. 아무튼 그 엄마 치맛바람 한번 끝내준다 니까."

소설 같고 드라마에 나올 법한 이야기지만 실제 상황이다.

엄마들은 아들과 딸을 결혼시키고도 여전히 품에 끼고 살려고 한 다. 고부 갈등의 원인도 바로 거기에 있다. 요즘 젊은 며느리들이 누 군가. 어려서부터 남자아이들과 경쟁에서 이기는 법부터 배웠고, 무 엇이든 주도적인 입장이 되어 선택하는 것을 배워 왔는데 시어머니 가 일방적으로 지시하는 걸 이해할 수 있을까.

시대가 달라지면서 요즘은 딸이 결혼하면 사위가 들어와 살기를 원하는 집도 꽤 많다. 애지중지 키운 딸이 고생할까 봐 친정엄마가 놓지를 못하는 거다. 처가살이하는 젊은 사위의 고충도 며느리들이 겪는 고통에 못지않다.

'결혼과 동시에 내 아들이 아니라 며느리의 남편, 내 딸이 아니라 사위의 아내'라는 사실을 잊지 말아야 한다. 성경에도 한 남자와 한 여자가 결합하여 부모 곁을 떠나라고 했다. 부모가 먼저 자식들을 분리시키고 독립시켜야 한다. 이제 지지든 볶든 그들만의 리그에서 살아내야 한다. 그 터전을 지금까지 강한 모성애로 세워주었다면, 이제 집 짓기는 자식들의 몫이다.

아들을 장가보낸 뒤 처음에는 나도 생각이 많았다. 대학 졸업반이긴 하지만 학생이고 집에서는 라면도 안 끓여 먹던 아들 녀석이 덜컥 장가를 갔으니 얼마나 걱정이 많았겠는가. 더군다나 며느리가 직장 생활을 계속하니, 모든 걸 챙겨줘야만 할 것 같았다. 김치는 물론 밑반찬도 해주고 싶고, 가끔씩 찾아가 대청소도 해줘야 될 것 같았다. 게다가 내가 받지 못한 시어머니 사랑을 며느리에게는 맘껏 베풀고 싶었다. 딸을 키워 본 적이 없는 나로서는 날아갈 듯 가녀린 며느리가 예쁘고 사랑스러울 뿐이었다. 반찬을 핑계로 자주 보고 싶었던 거다.

자기도취에 빠져 있는 나를 주위에서 적극적으로 말렸다. 그렇게 해주어 봤자 아들도 며느리도 절대 고마워하지 않을 뿐 아니라, 잘못 길들이면 피곤하다는 것이다. 그냥 자기들이 알아서 살도록 놔두는 것이 도와주는 일이라며.

주변 사람들보다도 정작 나의 환상을 와장창 깬 것은 아들이었다. 어느 날 아들이 좋아하는 밑반찬을 만들어 놓고 전화를 했더니 "엄마, 이제 더는 신경 쓰지 마세요. 엄마도 바쁘시잖아요. 우리 일은 우리가 잘 알아서 할게요" 하는 게 아닌가! 가만히 들어보면 나를 위한 말 같지만 간섭하지 말라는 소리로 들렸다. 망치로 뒤통수를 세게 얻어맞은 기분이었다. 섭섭하고 민망했지만 그제야 비로소 아들을 떠나보낼 때가 되었음을 실감했다.

그렇게 처음부터 분리되는 훈련을 하고 보니 아들 내외는 양가 도움 없이도 잘 살고 있다. 무엇보다 아들의 내적 성숙이 빨라졌다. 다른 친구들이 직장 다니면서 한창 놀 나이에 아빠가 된 것이 조금 안쓰럽긴 했다. 하지만 아들의 성장을 보며 내심 뿌듯했다. 한 남자의 아내로서, 돌생이 아빠로서 의젓하게 변해가는 아들. 어떤 때는 아들이나 며느리가 나보다 더 낫다는 생각을 한다. 날로 성장하는 아들 내외의 살아가는 모습을 보며 자식을 독립시킨다는 것이 무엇인지, 요즘 온몸으로 느끼고 있다.

미래에 시어머니가 될 사람에게 하고 싶은 말이 있다. 그건 바로 장가가고 시집간 아들과 딸 걱정으로 자신의 인생을 소비하지 말라는 것이다. 중년 이후의 삶이야말로 자유롭게 즐길 거리가 많다. 부부가 함께 여행도 가고, 취미 생활도 하고, 운동도 하다 보면 새로운 세계가 열릴 것이다. 자식들도 부모가 사이좋게 지내는 모습을 바랄 것이다. 자식들 돌봐주느라, 정작 남편은 홀아비처럼 텔레비전 앞에서 지내거나 찬밥 덩이로 허기를 때우고 있지는 않은지 돌아볼 일이다. 자식들 또한 챙겨주려 애쓰는 엄마가 때로는 부담스러울 수도 있다. 자식을 품에서 떠나보낼 때 비로소 부모와 자식 간의 새로운 관계 맺기가 시작된다는 사실을 명심하자.

자식은 하늘이 잠시 내게 맡겨놓은 기업일 뿐이다. 창세기에도 "그러므로 남자가 부모를 떠나 그 아내와 연합하여 둘이 한 몸이 될 것이다"라고 못 박았다. 서로의 갈비뼈를 만났으면 자식은 부모로부터 독립할 자세가 되어야 하고, 부모는 과감히 자식을 떠나보내야 한다. 자식에게 연연할 시간을 나를 위해 투자하는 것이 건강한 삶이 아닐까?

나도 어쩔 수 없는 시어머니

나는 시집살이를 꽤나 혹독하게 치렀다. 결혼과 동시에 시어머니와 함께 산 세월이 삼십 년이다. 나는 연구소에 취직한 지 얼마 안 되어 덜컥 결혼이라는 관문을 넘고 말았다. 시집살이가 매운지 짠지도 모르고 그저 사람이 좋아 국경을 넘은 것이다. 하지만 결혼은 꿈이 아닌 현실이었다. '홀시어머니와 외며느리에 대한 무수한 이야기'들이 내 삶이었다. 물론 천방지축, 자기 멋대로인 내가 보수적이고 전통적인 시어머니를 충족시켜드리지 못한 것이 일차적인 원인일 수도 있다. 나는 매 순간이 버거웠다. 나름 살림을 하느라 했는데, 단 한 번도 칭찬을 들어 본 적이 없다.

일명 '시금치 사건'만 해도 그렇다. 처음에는 실수로 시금치를 제대로 데치지 못했지만 한두 번 하다 보니 요령도 생기고 나만의 노하우도 생겼다. 하지만 시어머니는 내 나이 오십이 넘은 지금까지도 나를 초짜 며느리로만 대하신다. 열심히 공부할 마음으로 책상에 앉은 아이에게 '열심히 하라'는 잔소리를 해대는 엄마처럼 늘 걱정이 많은 분이시다.

특히 명절 음식을 할 때면 극에 달했다. 장을 보고 전을 부치는 등 손님 접대할 음식 장만으로 허리가 끊어질 정도로 일이 많아 나로서는 엄청난 육체노동을 하는 셈이다. 몸이 힘든 것은 어느 정도 감내할 수 있다. 내가 만든 음식을 맛있게 먹을 가족과 친척들을 위한 것이라고 생각하면 즐겁기까지 했다. 해마다 똑같은 음식만 내놓는 것이 아쉬워 새로운 음식을 만들어 보는 것 또한 즐거움이었다. 문제는 새로운 음식을 만들 때마다 어머니의 잔소리(?)까지 소화해야 한다는 것이다.

한번은 숙주나물에 구운 고기를 넣은 특식을 만들기 위해 숙주를 데쳤다. 시어머니는 주방에 앉아 나의 일거수일투족을 살피고 계시다가 일일이 참견을 하셨다.

"숙주나물은 뜨거운 물에 살짝 데쳐야 아삭아삭하다. 소금을 쳐야 한다. 찬물에 담그면 맛이 없다."

그럴 때마다 나는 속으로 외친다. '저도 삼십 년이나 숙주나물을 데쳤어요. 눈감고도 할 수 있는 일이라고요. 이제 그만 걱정하시고 저를 좀 믿어 주시면 안 되나요?'

물론 시어머니 입장에서도 하실 말씀이 많을 것이다. '며느리가 제대로 하면, 내가 왜 잔소리를 하겠느냐?'라고.

그러던 내가 어느 날 덜컥 시어머니가 되었다. 입장이 바뀐 것이다. 나는 결단이 필요하다는 생각이 들었다.

"시집살이한 시어머니가 며느리 시집살이 더 시킨다"라는 말에 대한 고정관념을 깨리라 다짐했다. 한마디로 쿨한 시어머니가 되고 싶었다. 명절이면 해외여행 가는 친구가 부러웠던 나였기에, 내 며느리는 그렇게 누리며 살기를 바랐다. 또 실제로 그렇게 했다.

"애 키우며 직장 생활 하느라 힘든데 명절 연휴에는 푹 쉬고, 당일에 와서 점심이나 먹고 가라."

명절을 앞두고 며느리가 전화했을 때 내가 했던 말이다. 물론 며느리는 전이라도 같이 부치겠다고 했다. 나는 극구 말렸다. 진심으로 며느리가 황금연휴에 휴식 시간을 갖기를 바랐다. 그렇게 혼자서 갖가지 전과 음식을 만들게 되었다. 허리가 펴기도 힘들 만큼 아파 왔지만, 며느리에게 일을 시키고 싶지 않았다. 그만큼 오랜 세월 내 안에 쌓인 한이 깊었던 것 같다.

명절 당일에 아들과 며느리는 정말 손님처럼 와서 밥을 먹고 떠났다. 내가 원하던 바였다. 그날은 전혀 문제가 없었다. 그런데 웬걸? 명절 연휴가 끝난 뒤에 급기야 나는 자리에 눕고 말았다. 숨을 쉴 수 없을 만큼 가슴이 따끔거리고 어깨가 도려내듯 아팠다. 참다못해 병원을 찾았다. 대상포진이라고 했다.

"극심한 스트레스와 무리한 탓에 면역력이 떨어진 것입니다. 대상포진은 조심하지 않으면 재발할 수 있으니 무리하지 마세요."

약 처방을 받고 주사를 맞은 뒤, 집에 돌아와 혼자 누워 있으려니 서럽고 아팠다. 며느리에게 설거지는 물론 수저 하나 놓지 못하게 했던 내 모습이 스쳐 지나갔다. 그저 아이와 함께 맛있는 것 많이 먹여 보내고 싶었던 마음은 간데없고 무리해서 앓게 되었다는 생각에 서운한 마음이 앞섰다. 인간의 마음이 그토록 간사할 줄이야.

'나 혼자 힘들게 일하지 않았으면 대상포진까지 걸리지는 않았을 텐데. 아무리 내가 말렸다 해도 며느리가 설거지쯤은 해줘야 하는 것 아니야?'

급기야 섭섭한 마음까지 들었다. 물론 드러내어 말하지는 않았지만, 물 한 모금 마실 수 없을 만큼 아프다 보니 푸념이 절로 나왔다. 왠지 손님처럼 다녀간 아들과 며느리가 야속하게 느껴졌다.

그때 알았다. 나 또한 어쩔 수 없는 대한민국의 시어머니라는 것을, 며느리를 딸처럼 대한다는 말이 얼마나 위선인지를 말이다. 며느리는 며느리이고, 시어머니는 시어머니일 뿐이다.

장모에게 사위는 만년 손님이라는 말이 있다. 살아 보니 며느리 또한 손님이다. 여기서 손님이라는 것은 그저 머물다 가는 사람이라는 의미만은 아니다. 결혼 이후, 집이 불편하다는 이유로 단 하룻밤도 같이 지낸 적이 없는 내 아들의 아내가, 고맙고 대견하긴 해도 딸처럼 느껴지지는 않는다는 말이다.

생각해 보면 며느리를 손님으로 생각하는 것도 나쁘지 않다. 오히려 쿨한 관계의 기본일 수 있다. 손님과의 관계에는 적당한 거리를 유지할 필요가 있다. 며느리와 나 사이에 가장 적정한 선을 유지하고 서로를 존중하는 선에서 각자 자기 몫을 살아내는 것. 그것이야말로 '쿨한 시어머니'가 되기 위한 필수 조건일 것이다.

그나저나 며느리가 이 글을 보면 당황스러워할 것 같다. 하지 말라고 극구 말렸던 건 나였으니까 말이다. 며느리는 죄가 없다. 단지 내 마음의 물결이 변덕을 부렸을 뿐이다.

"애야, 나도 어쩔 수 없는 시어머니란다. 이해하렴."

아침이면 햇살이 비치는 설산을 보며 자리에서 일어나
조용히 동네 한 바퀴를 걷다가 배고프면 보리빵 한 입 먹고,
저녁이면 일찍 잠자리에 들어 어둠과 대화를 즐길 수 있는 곳.
그곳에 가면 사랑도 미움도 증오도 탐욕도 모두 내 안에서 사라질 것만 같다.
산 아이들의 해맑은 미소 속에서 속되고 더러운 내 영혼이 말갛게 거듭날 것이다.
복잡한 마음 다 내려놓고 자연이 주는 에너지로 가득 찬 내 모습,
상상만으로도 충만하다.

인생 제2막,
노하우가 필요해!

첫째. 나만의 오두막

꽁보리밥은 절대 먹고 싶지 않다는 사람이 있다. 가난했던 시절이 떠올라 보리밥을 보기만 해도 진저리가 쳐진다고 한다. 솔직히 우리 세대에 가난을 모르고 산 사람이 얼마나 될까. 학교에서 도시락 검사를 하면, 대부분 꽁보리밥이고 쌀밥 싸 온 아이는 한두 명 정도였다. 나도 꽁보리밥을 정말 많이 먹고 자랐다. 입안에서 미끄덩거리는 꽁보리밥일망정 배불리 먹었으면 좋겠다고 생각한 적도 있었다. 그럼에도 나는 지금도 꽁보리밥에 빨간 고추장을 비벼 먹는 걸 좋아한다. 꽁보리밥은 내게 추억이자 고향의 맛이다.

내게는 가까운 미래에 시골에 내려가 작은 오두막에서 살고 싶은 바람이 있다. 죽기 전에 꼭 이루었으면 하는 소망이다. 폐가라도 좋다. 허름한 집일지언정 정성스럽게 잘 다듬어 나의 오두막을 만들고 싶다. 옛날에 내가 자랐던 시골집처럼 아궁이에 불을 때는 집이면 좋겠다. 아궁이에 불을 지피며 나는 행복한 상념에 젖을 것이다. 소나무 타들어 가는 냄새와 함께 보리밥이 구수하게 익어 가겠지. 손바닥만 한 텃밭에 심은 푸성귀를 뜯어 강된장에 찍어 먹으리라. 야생에서 캐 온 약초로 만든 효소를 먹고, 뒷산에 올라 불쏘시개로 이용할 솔방울과 잔솔가지들을 주울 것이다.

그뿐인가. 시골에 내려가 살 생각을 하면 펼쳐지는 상상의 나래는 끝이 없다. 가끔 도시에서 친구가 찾아오면 황토방에 누워 도란도란 이야기를 나누다 잠들고 싶다. 박새 울음소리에 잠을 깬 친구와 계곡에 내려가 일급수 물을 나뭇잎에 떠 마실 것이다. 맑은 물에 세수를 한 뒤에는 풀 냄새 맡으며 산책을 하리라.

내가 오두막에 살고 싶은 진짜 이유는 따로 있다. 그곳에서 나만의 색깔을 드러낼 수 있는 글을 쓰고 싶다. 겉치레를 걷어낸 옹달샘 같은 글을 쓰리라. 번잡한 세상에서 힘들고 지친 영혼들에게 쉼을 줄 수 있는 오두막 같은 글을 쓸 수 있는 공간. 그곳에서 나는 명작은 아닐지언정 쉼을 줄 수 있는 글의 씨를 뿌리는 마음으로 글밭을 가꾸고 싶다.

내가 시골 오두막에 대해 노래를 불렀더니 주위 사람들은 내가 양평에 내려가 살 것이라 믿는 것 같았다. 제발 공수표가 되지 않기를 바랄 뿐이다.

"엄마, 제가 엄마가 원하는 시골에 작업실 만들어 드릴게요."

내 마음을 거울 들여다보듯 다 읽고 있는 작은놈의 응원에 기대어, 나는 오늘도 열심히 자판을 두드린다. 간절히 원하면 이루어진다는 말을 믿고 싶다.

실행하지 못할 염원은 또 다른 후회를 낳을 뿐이다.

오늘 우리는 각자 꿈꾸는 오두막을 한 채 지을 필요가 있다. 그것이 무형이든 유형이든 상관없다. 그 안에서 오롯이 자신만을 위한 시간의 탑을 쌓아 보자. 분명 빛나는 시간을 맞이하게 될 것이다.

둘째, 나의 버킷 리스트

〈버킷 리스트〉는 잭 니컬슨과 모건 프리먼의 빛나는 연기가 조화를 이루었던 영화다. 잭 니컬슨이 연기한 에드워드는 억만장자이지만 인생은 지리멸렬할 정도로 재미없다. 모건 프리먼이 연기한 카터에게는 꿈이 있었지만 가족 때문에 포기해야만 했다. 서로 상반된 듯싶지만 나름 잘 통하는 두 사람은 어느 날, '죽기 전에 꼭 해보고 싶은 몇 가지 목록'을 안고 여행을 떠난다. 그 여정이 관객의 시선을 놓아 주지 않는다. 두 사람이 여행을 떠나며 작성한 '버킷 리스트'는 언제 봐도 흥미진진하다.

장엄한 광경 보기. 낯선 사람 도와주기. 눈물 날 때까지 웃기. 무스탕 셸비로 카레이싱 하기. 최고의 미녀와 키스하기. 영구 문신 새기기. 스카이다이빙. 로마와 홍콩 여행, 피라미드와 타지마할 보기. 오토바이로 만리장성 질주하기. 세렝게티에서 호랑이 사냥하기.

이 영화는 처음 봤을 때와 다시 보았을 때의 느낌이 많이 달랐다. 누군가 내 등 뒤에서 '지금도 늦지 않았으니 해보고 싶은 목록을 정해서 실천해 보라'고 속삭이는 듯했다. 영화를 본 날 밤, 나는 어느새 '나의 버킷 리스트'를 작성하고 있었다.

1. 자연 속에 황토 작업실 짓고 글쓰기

2. 마음 맞는 친구와 배낭여행 떠나기

3. 호스피스 공부해서 죽음을 맞이하는 사람들 돌보기

4. 고향에 내려가 모교 아이들에게 글쓰기 수업하기

5. 남편과 오지의 작은 교회에 내려가 봉사하기

7. 영어와 중국어 회화 배우기

8. 지금 살고 있는 동숭동 집을 문학 카페로 만들기

  (예술가들에게 무료로 쉼터 제공)

9. 손자와 함께 전국 일주하기

10. 사랑하는 내 손자가 즐겨 읽을 아름다운 동화 쓰기

나도 영화의 주인공들처럼 세계 여행도 하고 싶고, 멋진 데이트도 해보고 싶다. 그건 누구나의 바람이자 소원일 것이다. 그 외에 정말 내가 해보고 싶은 것은 무엇일까. 평소에는 해보고 싶은 게 많을 것 같았는데, 막상 글로 남기려니 망설여졌다. 많은 것 중에 지금 당장 떠오르는 두 가지는 꼭 해보고 싶다.

우선, 네팔이나 몽골의 오지로 들어가 야생의 삶을 살아 보고 싶다. 여행은 늘 새로움을 기대하게 한다. 새로운 사람, 새로운 풍경, 처음 맛보는 음식 등등. 하지만 나이가 들면서 여행의 취향도 좀 달라졌다. 새로운 곳보다는 인상적이었던 몇 군데를 다시 찾아가 보고 싶어진다. 네팔의 안나푸르나 설산 밑에 있는 작은 마을이 그곳이다. 야생화가 지천으로 핀 봄날의 여행이면 좋겠다.

안나푸르나는 봄에도 설산을 볼 수 있기에 더욱 운치가 있다. 산

할아버지가 보이는 청보리 피는 언덕에 자리 잡은 산장에 한 달만 머물 수 있다면 더없이 행복하겠다. 아침이면 햇살이 비치는 설산을 보며 자리에서 일어나 조용히 동네 한 바퀴를 걷다가 배고프면 보리 빵 한 입 먹고, 저녁이면 일찍 잠자리에 들어 어둠과 대화를 즐길 수 있는 곳. 그곳에 가면 사랑노 미움도 증오도 탐욕도 모두 내 안에서 사라질 것만 같다. 산 아이들의 해맑은 미소 속에서 속되고 더러운 내 영혼이 말갛게 거듭날 것이다. 복잡한 마음 다 내려놓고 자연이 주는 에너지로 가득 찬 내 모습, 상상만으로도 충만하다.

또 한 곳은 몽골의 흡수골이다. 오래전 힘들게 찾아갔던 흡수골은 신이 내린 호수라는 이름에 걸맞게 너무도 아름다웠다. 바다 같은 호수, 유유히 풀을 뜯는 양과 염소들, 점점이 보이는 하얀 게르. 그 안에서 간간이 들려오는 원주민들의 웃음소리가 그립다. 유목민의 삶은 더없이 평화로우며, 그들의 눈빛 또한 따사롭다. 무엇보다 손에 잡힐 듯 가까이에 떠 있는 무수한 별들이 쏟아내는 빛이 꿈결처럼 느껴지는 곳이다. 새벽녘 잠이 깨어 게르 밖으로 나온 나를 마치 가슴에 품듯 별들이 내려와 감싸 안아주던 곳. 흡수골 생각만으로도 가슴이 따뜻해진다. 진실로 그리운 곳이기에 영화 속의 잭 니컬슨과 모건 프리먼처럼 가능하다면 마음 맞는 친구와 함께 한동안 머물고 싶다.

또 한 가지는 마음이 아픈 사람들에게 '손수건'이 되고 싶다. 내 주위에는 유난히 힘들고 아픈 사람들이 많다. 내 가슴을 가장 아프게 하는 분은 친정어머니다. 어머니는 눈물이다. 어머니의 몸을 해

부해 보면 '한'밖에 나올 게 없을지도 모른다. 내가 여덟 살 때 어머니는 도시에서 온 신식 물을 먹은 여성에게 '아내'라는 자리를 빼앗기고 서울행 버스를 타야만 했다. 엄마를 실은 버스가 뽀얀 먼지를 날리며 달려가는 신작로를, 나는 하염없이 서서 보고 있었다. 눈가에 내 의지와는 상관없이 뜨거운 눈물이 흘렀다.

굽이굽이 많은 사연을 안고 지금 나의 어머니는 고향에 내려가 살고 있다. 평생 사랑했던 아버지를 하늘나라에 보내고 홀로 여생을 보내고 계신 것이다.

나는 매일 어머니께 전화를 드린다. 어머니의 전화 목소리는 내게 일기예보와 같다. 어머니의 목소리가 밝으면 내 마음도 덩달아 기쁘다. 어머니의 한숨 소리를 들은 날이면 잠을 이룰 수가 없다. 어머니를 편안히 모시고 싶은 마음은 굴뚝같으나 내 사정 또한 만만치 않다. 지금도 녹록지 않은 시집살이를 하고 있는 내가 친정어머니를 모신다는 것은 꿈일 뿐이다. 그래서 더욱 애절하다.

친정어머니가 그나마 정신이 맑으실 때 내 집에 모시는 것, 그래서 지금까지 받아 온 설움과 아픔을 단 한 순간이나마 목욕하듯 씻겨드리는 것, 그것이 지금 나의 소원이다.

'엄마, 나의 어머니, 부디 오래 사세요. 제가 단 하루라도 어머니를 모실 수 있을 그날까지 건강하셔야 해요.'

내가 따뜻한 손수건이 될 수 있는 기회가 속히 오기를 빌며, 오늘도 나는 하늘을 바라본다. 어쩌면 이것은 내가 죽기 전에 해보고 싶은 일이기도 하지만, 어머니의 간절한 소망일지도 모른다.

셋째. 내 인생의 자서전

한때 자서전 쓰는 일이 유행했었다. 각 복지관이나 구청 등에서 지역 주민을 위한 강좌를 개설하면서 '자서전 쓰는 법' 등에 대한 강의가 많았다.

배워서 형식에 맞춰 쓰는 자서전이 아니라 고해성사하듯 내 안의 모든 것을 끄집어 내는 시간을 마련해 보는 것이다. 우리 마음속에는 수백 개의 방이 존재하고 있다. 서랍을 정리하듯 그 방문을 열고 들어가면 생각지도 못한 힐링의 순간이 될 듯싶다.

자서전을 쓸 때 사진첩을 들여다보면 어떨까? 연애 시절의 사진을 보면 생각이 많아질 것 같다. 불같은 사랑으로 한눈에 반해 결혼한 케이스도 있지만, 우여곡절 끝에 한 지붕 아래 지내게 된 경우도 있을 것이다. 한 장의 사진 속에도 수백 장의 원고지를 채울 만큼 많은 사연이 담겨 있을 것이다. 과거의 어느 한 시점으로 돌아간 시간은 아련하면서도 쓸쓸할지 모른다.

'그때는 그토록 사랑했던 사람과 같이 살고 있는데 평생을 왜 빈 가슴만 안고 살아가야 하는 거지?', '내가 결혼한다는 소식을 듣고 힘들었을 그 사람은 지금 어떻게 살고 있을까?' 생각의 나래가 끝없이 펼쳐진다. 흩어진 기억의 파편들을 모아 활자화시키는 작업은 넓고 깊은 의미를 얻는 시간임에 틀림없다.

무엇보다 자녀를 낳아 키운 세월이 담긴 사진첩을 들여다보면, 글거리가 차고도 넘칠 것이다. 자식은 지금까지 나를 이 땅에 존재하게 하는 가장 큰 이유이자 내 삶을 지탱해 주는 버팀목 아닌가. 온 세상을 향해 자랑하고 싶었던 순간이 얼마나 많았는가. 물론 이는 나만의 일이 아닌, 엄마라면 누구나 한 번쯤 경험해 보았을 일이다.

자식 이야기는 끝이 없다. 환희, 눈물, 긍지, 간절함이 묻어난 글을 쓰다 보면 어느새 내 인생의 현주소를 발견하게 된다. 지금 나는 어느 지점에 서 있는가. 내가 머물고 있는 역을 알아야 남아 있는 시간을 좀 더 알차게 살 수 있을 것이다. 그런 면에서 늙어서 죽기 전에 자서전을 쓰는 것이 아니라, 지금 당장 써보는 것도 좋을 듯싶다.

지금까지 지나온 내 삶의 뒤안길을 돌아보는 그 시간이 결코 행복한 순간만은 아닐 수도 있을 것이다. 아쉽고 후회스런 시간이기도 하며, 가슴 아팠던 순간을 떠올리는 일이 더없이 괴로울 수도 있다. 되돌릴 수 없는 시계 앞에서 발을 동동 구를 만큼 애달픈 순간일지도 모른다. 그럼에도 나는 꼭 자서전을 써볼 생각이다. 지금까지는 누군가에게 보여주기 위한 글을 썼다면, 무덤까지 가져갈 나만의 속살이 진솔하게 드러난 글을 써보고 싶다. 내 안의 가식을 벗어버리고 고해성사하듯 써 내려가다 보면 내가 미처 보지 못했던 부분까지도 읽게 될 것 같다. 정리도 되면서 재점검하듯 다시 한 번 나를 들여다보는 귀한 시간이 될 것 같다.

나의 자서전은 내 가족에게 남기는 글이 아니다. 진짜 나만의 속내이기에 어쩌면 그들에게는 상처의 글이 될 수도 있다. 그럴 수 있을 만큼 솔직하게 쓰고 싶다. 제목은 '신 앞에 보이는 나의 맨 얼굴' 쯤이 되지 않을까.

넷째. 봉사하는 기쁨

그녀와 나는 작가와 독자로 만났다. 그녀가 《여자 나이 마흔으로 산다는 것은》을 읽고 출판사를 통해 연락을 해온 것이다. 서울 근교에 산다는 그녀는 굳이 나를 만나고 싶어 했다.

대학로에서 만난 그녀의 첫인상은 발랄한 소녀 같았다. 성격 또한 계곡물처럼 시원했다. 마치 십 년 이상 만나 온 사람처럼 나를 스스럼없이 대했다. 비 오는 날, 맛있는 밥을 먹고 차를 마시며 이야기꽃을 피우다 보니 시간이 훌쩍 지나가버렸다. 이야기 끝에 그녀가 나보다 두 살 아래인 걸 알게 되었다. 그때부터 지금까지 그녀는 내게 언니라고 부른다.

그 후로 우리는 소소한 일상까지 나누는 사이가 되었다. 그녀는 전업주부로 매일 바쁘게 지낸다. 교회 일도 많은데, 그중 빼놓을 수 없는 일이 봉사였다. 그녀는 일주일에 한 번씩 요양원에 나가 독거노인들 목욕시켜드리는 일을 하고 있다. 내가 알기로 십 년 넘게 한결같이 이 일을 하고 있는데 참 대단하다.

요즘 나는 친정어머니가 많이 아프서서 일주일에 한두 번은 목욕 시켜드리러 간다. 어머니는 바람에 날아갈 듯 가녀린 몸인데도 목욕을 시키고 나면 진이 빠진다. 온몸이 땀범벅이 된다. 내 어머니를 목욕시키는 일도 이리 힘든데…… 그녀는 어떻게 그 일을 오래도록 해온 것인지 새삼 존경스러웠다.

"그 에너지와 열정은 어디서 나와요? 난 솔직히 친정어머니인데도 힘들어서 피하고 싶을 때가 있던데."

"종교가 주는 힘이에요. 내가 하나님께 받은 은혜를 그렇게라도 갚지 않으면 하늘에 가서 부끄러울 것 같아서요. 할머니들 목욕시켜 드리고 새 옷 갈아입혔을 때 새색시처럼 웃는 모습을 보면 새 힘이 솟아요."

그녀는 독실한 크리스천이다. 교회에서 여전도회 회장직을 맡아 여러 곳에 봉사 활동을 다니느라 바쁜 가운데 할머니들 목욕 봉사를 개인적으로 하는 것이다.

나 또한 그녀를 닮고 싶다. 신앙으로 잘 다듬어진 내면의 은은한 빛을 발하며 여유롭게 중년의 뜰을 거닐 힘을 갖고 싶다. 그 힘으로 지금까지 누려 온 나의 모든 것을 남을 위해 봉사할 수 있는 시간 또한 갖고 싶다. 요즘은 '재능기부'라는 말이 일반화되었다. 내가 가진 예능의 기질을 소외된 이웃에게 전할 수 있다면 이 또한 값진 삶이 될 것이다.

모든 것이 그렇듯 봉사 활동 또한 오랜 준비 기간이 필요하다. 불쌍히 여기는 마음만으로는 쉽게 지쳐 포기하게 된다. 내가 그들에게 줄 수 있는 것이 무엇인지 면밀히 살펴본 다음, 철저하게 준비한다면 나의 손길을 기다리는 곳이 나타날 것이다.

다섯째, 문화생활은 힘이 크다

대학로에 오래 살면서 얻은 게 많다. 지금 살고 있는 집에서 두 아들을 낳아 키웠고, 올해는 아들의 아들까지도 이 집에서 뛰어놀게 되었다. 오래 산 만큼 정이 많이 든 동네다. 대학로의 명물이자 야경이 멋진 낙산의 나무들은 날로 푸르러지고, 새로 단장한 마로니에 공원은 언제 보아도 정겹다.

대학로에 살면서 가장 좋은 점은 문화생활을 즐길 수 있다는 것이다. 문을 열고 나가면 언제든 예술인, 예술 작품, 예술 공원을 만날 수 있으니 이보다 더 멋진 동네가 있을까. 아이들이 어릴 때는 양손에 연년생 아들들 손을 잡고 미술관이며 대극장, 소극장을 놀이터 삼아 수없이 데리고 다녔다. 다양한 길거리 공연 속에서 아이들의 감성은 날로 커 갔다. 큰아들이 산업미술을 전공하고, 작은아들이 영화를 만들게 된 것도 대학로에서 산 덕일지도 모른다.

돌이켜 보니 아이들의 감성만 자랐던 게 아니다. 결혼과 함께 '믹스된 아줌마'로 살아야 했던 시절에 나의 답답한 가슴을 채워 주었던 것도 대학로 문화였다. 나는 닥치는 대로 전시회며 연극을 보러 다녔다. 그 문화 속에서 내 안의 또 다른 내가 용틀임하기 시작했다. '이대로 머물 수는 없다'는 강렬한 내면의 소리에 나는 귀 기울였다. 내가 원하는 것이 무엇인지, 그 길을 가려면 어떤 준비가 필요한지.

목표를 향해 한 계단 한 계단 오르는 재미 또한 쏠쏠했다. 전국주부편지쓰기에 당선이 되고, 라디오 부문 연말 글쓰기 대회에 응모하여 금상 소식을 접하게 되고, 방송을 하게 되고, 소설을 공부하면서 일렁이던 가슴속의 파도도 대학로의 문화 속에서 많이 잠잠해졌다. 그 안에서 얻은 성취감은 생각보다 컸다. 내게 실질적인 힘과 에너지를 준 것은 연극과 공연이었다. 좋은 연극은 조금 비싸더라도 찾아갔고, 감성을 자극하는 콘서트도 놓치지 않았다. 심혈을 기울여 만든 공연은 나의 내적 성장을 위한 윤활유 역할을 톡톡히 해주었다.

그뿐인가. 대학로에는 마음만 먹으면 언제든 영화를 볼 수 있는 극장이 꽤 있다. 실험영화든 최신 흥행작이든 다 볼 수 있었다. 산책을 하던 중에도 시간이 맞으면 아무 때나 영화관을 찾아 들어갔다. 쉽게 가볼 수 없는 나라의 풍경이 펼쳐지는 화면을 보며 나는 혼자만의 여행으로 행복했다. 비 오는 날, 모처럼 보는 로맨스 영화는 사막 같은 내 가슴을 촉촉이 적셔 주었다. 미친 듯 거리를 쏘다니고 싶을 때도 시원한 극장에 앉아 뮤지컬 영화를 보고 있노라면 거짓말처럼 마음이 가라앉았다.

만 원이 가져다준 행복은 기대 이상으로 컸다. 영화를 통해 내 소설의 플롯을 들여다보게 되고, 주인공의 캐릭터를 분석하며 내 소설의 인물을 창출해 나가는 작업을 할 수 있었다.

문화생활은 특정인이나 돈이 있어야만 가능한 것이 아니다. 도서관에서도 무료로 영화를 상영하거나 전시회 등을 여는 곳이 많다. 집 가까이에 있는 각종 문화센터에 가면 그림이나 노래나 영화를 쉽게 접할 수 있다. 강사들의 프로필도 대체로 훌륭하다. 이런 기회를 적절하게 잘 이용하는 주부들의 삶을 들여다보면, 삶의 질을 높이는 동시에 나날이 지적 성장을 이루어 간다는 걸 확인하게 된다.

어떤 인문학 강좌는 수강생의 75퍼센트가 아줌마들이다. 주최 측에서는 이런 현상을 보며 더욱 힘을 얻는다고 한다. 아줌마들은 수업 태도가 좋아서 지정된 책도 가장 열심히 읽어 오고 질문도 열심히 하는 등 열의를 보이기 때문이다. 그렇게 무료 강좌를 듣던 아줌마들끼리 스터디 그룹을 만들어 더욱 심층적인 공부 모임을 만드는 경우도 많다.

문화는 힘이다. 그 힘을 내 것으로 만들기 위한 열의만 있다면 언제든 채울 수 있다. 눈에 보이는 집을 사는 데는 돈이 어마어마하게 든다. 그러나 내면의 집은 많은 돈을 들이지 않고도 얼마든지 살 수 있다. 시간이 지남에 따라 누구도 따라올 수 없을 만큼 견고하면서도 고고한 성이 내 안에 자리 잡게 된다. 그렇게 지어진 내면의 집이 아름답고 튼실할 때 삶 또한 진정 풍요로워질 것이다.

나이 먹어 할 일도 없고, 할 줄도 모르고, 하고 싶은 것도 없다고 미리 포기하지 말자. 문을 열고 나가면 얼마든지 내 것으로 만들 수 있는 프로그램이 널려 있는 세상이다.

일단, 집 밖으로 나갈 마음의 준비로 신발 끈부터 묶자. 신발은 튼튼해야 한다. 문화 마당을 휘젓고 다녀야 하니까.

여섯째. 책 읽는 중년이 멋지다

하얀 모시 저고리에 연둣빛 치마, 가지런히 빗어 쪽 진 머리, 젊지도 늙지도 않은 단아한 여인이 독서 삼매경에 빠진 사진을 본 적이 있다. 작가가 의도적으로 연출한 뒤 찍은 것인지 모르겠지만, 잊히지 않는 사진이다.

우리는 흔히 나이 들면 눈도 침침하고 힘드니까 책과는 담을 쌓는 것으로 생각할 수 있다. 나는 반대라고 생각한다. 나이 들면 심심하고 무료한 시간을 어쩌지 못해 방황하는 사람들이 많다. 할 일이 없다며 멍하니 하늘바라기를 하고 있는 경우도 있다. 무료하다 보니 우울증에 빠져 힘들어하는 이들도 많다. 그런 사람들에게 나는 책 읽기를 권하고 싶다.

처음에는 답답하고 재미없고 지루할 수 있다. 그러니 우선은 재미있는 어른이 읽는 동화부터 시작해 보는 것도 좋을 듯싶다. 관심만 있다면 깊은 울림이 있는 책은 얼마든지 찾을 수 있다.

책을 읽다 보면 시간이 쏜살같이 지나간다. 재미도 있고 긴장도 된다. 새로운 세계에 푹 빠지다 보면, 내 지식의 창고에 보물이 쌓여 가고 있다는 걸 느낀다. 책은 중독성이 강해서 읽기 시작하면 금방 한두 권을 지나 열 권까지 읽게 된다. 고구마 줄기처럼 읽어야 할 목록이 생기기 때문이다.

"좋은 책을 읽는다는 것은 과거의 가장 훌륭한 사람들과 대화하는 것이다." 데카르트의 말이다. 책을 많이 읽은 사람은 한두 마디 대화만으로도 알 수 있다. 내면의 그릇에 얼마나 많은 양식을 갖고 있는지, 텅 빈 항아리를 끌어안고 살아가는지를 말이다.

책만큼 사람의 영혼을 풍요롭게 하는 것은 없다. 책으로 가득한 서재는 그 어떤 비싼 가구보다 빛나 보인다.

'책상에 앉아 우아하게 책 읽는 여인.' 나의 오랜 소망이자 염원이기도 하다. 르누아르의 그림 '책 읽는 여자'처럼 젊고 아름답지 않더라도 책을 든 손 그 자체만으로 아름답다.

"나는 독서하는 방법을 배우기 위해서 팔십 년이라는 세월을 바쳤는데도 아직까지 그것을 다 배웠다고 말할 수 없다."

괴테의 말이 오늘따라 따끔한 회초리처럼 느껴지는 건 왜일까.

일곱째. 장롱 속 청바지를 꺼내자

옷집에 가면 정장보다는 자유로운 옷에 눈이 간다. 단색보다는 화려한 옷이 더 좋다. 그 옷에 맞는 액세서리를 선택하기 위해 신경을 쓴다. 나는 비싸지 않아도 자기 체형에 맞는 옷과 장신구를 좋아한다. 멋 부리길 포기하는 건 여자이길 포기하는 것인지도 모른다.

나는 '나이에 맞게'라는 말을 거부한다. 나이에 맞게 정숙한 차림을 강조하고, 나이에 맞게 조신한 말만 해야 하고, 나이에 맞게 역동적인 것들을 피해야 한다는 말. 그 억눌림으로부터 벗어나자.

우리가 지금까지 갖고 있던 '편견의 옷'을 벗으면 자유가 찾아온다. 안과 밖이 같을 때 비로소 진정한 자유를 느낄 수 있다.

그런 의미에서 지금 입고 있는 옷부터 바꿔보면 어떨까. 얌전한 블라우스 대신 딸의 티셔츠를 입고 거리를 활보해 보라. 거기다 청바지까지 입는다면 한층 젊어 보일 것이다. 나잇대에 맞춰 옷을 입는 것이 아니라, 진짜 내가 입고 싶은 대로 입자는 거다. 인생이 훨씬 즐거워질 것이다.

내가 알고 있는 팔순이 넘은 은퇴 교수님은 늘 청바지를 입고 다닌다. '젊어 보이기 위한 몸부림'이 아닌 '진짜 젊은이' 같은 느낌이 든다. 스스로 나이에 갇혀 살지 않으려는 의지가 엿보이는 옷차림이라 신선하다. 실제로 삶 또한 젊다. 왕성하게 집필 활동도 하고 제자들을 만나 아낌없이 조언도 해주곤 한다.

아쉽게도 나는 하체가 튼실한 덕분에 청바지가 잘 어울리지 않는다. 그럼에도 가끔은 청바지를 입는다. 확실히 기분이 다르다. 내 청춘의 빛나던 순간으로 돌아간 것 같다. 무슨 일이든 다시 시작해도 될 것 같은 자신감이 온몸을 감싼다. 청바지 한 벌이 가져다주는 행복이 의외로 크다.

나이에 맞는 옷차림이란 없다. 자신에게 가장 잘 맞는 차림새로 자기만의 개성을 창출해 보자. 내 몸도 연출이 필요하다. 가장 멋지게, 가장 편안하게, 그것이야말로 가장 나다운 모습 아닐까?

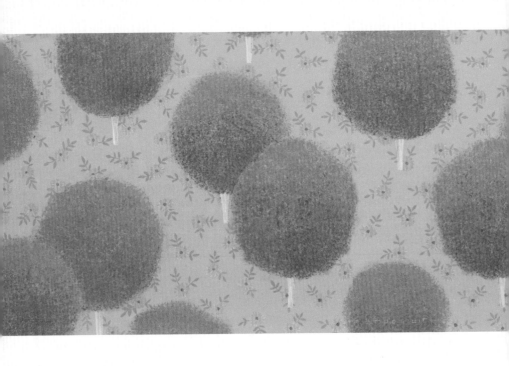

내가 무슨 일인가를 꿈꾼다면,
지금부터 꾸준히 물밑 작업을 해나가야 한다.
기회는 사람을 기다려주지 않는다.
버스가 내 앞에 왔을 때 탈 수 있는 만반의 준비가 되어 있다면,
무슨 일이든 꿈꿔도 좋다.

인생 제2막,
할 일은 아직 많다

전업주부에서 작가로

아침에 눈을 떴을 때 그날 할 일이 있다는 것은 축복이다. 그런 의미에서 나는 축복받은 인생이다. 오십 고개를 넘은 나이에도 여전히 할 일이 많다는 점에서.

생각해 보면, 나의 나 됨은 하루아침에 된 것이 아니다. 계단을 밟아 올라가는 심정으로 살아왔기 때문이다. 나를 작가로 만든 것은 내 안에서 꿈틀대던 열망이었다. '나는 나'이길 갈망했다. 현실은 그런 나를 수없이 옥죄었다. 처음부터 대단한 꿈이 있었던 건 아니다. 그저 내 이름 석 자 박힌 명함을 내밀 수 있는 존재였으면 했다. 다시 세상과의 연이 닿기를 꿈꿨다.

내가 결혼할 당시는 지금처럼 맞벌이를 하는 여성이 드물었다. 나 역시 신의 직장이라 할 수 있는 연구소를 자의 반 타의 반 그만둔 뒤, 평범한 아줌마로 살아야 했다. 연년생으로 두 아들이 태어났다. 어머니가 된다는 것이 무엇인지도 몰랐던 데다 매서운 시집살이까지 하다 보니 '나'를 찾을 겨를이 없었다. 그저 한 집안의 며느리이고 한 남자의 아내이자 아이들을 돌보는 엄마일 뿐이었다.

전쟁을 치르듯 야단법석을 떨던 아이들이 잠들고 나면 몹시 허허로웠다. 인생이라는 멀고도 긴 세월을, 어찌 이대로 아무것도 아닌 채로 살아야 하나 싶었다. 물론 좋은 엄마, 멋진 아내, 착한 며느리라는 명제가 내 앞에 놓이긴 했다. 내게 맡겨진 중요한 직책이자 의무라는 것을 모르지 않았다. 하지만 그것만으로는 살 수 없다는 절박함이 나를 짓눌렀다. 벽 안에서 뛰쳐나오고 싶은 충동으로 잠을 설쳤다.

그때 한 라디오 방송의 연말 특집 글쓰기 대회 소식을 들었다. 아이들을 재워놓고 내 마음속에 일렁이는 물결을 글로 써 내려갔다. 자세한 내용은 기억나지 않지만 절절한 심정을 담았다는 것만은 분명하다. 뜻하지 않게 상을 받게 되어 나간 자리에서 방송국 리포터를 해보지 않겠느냐는 제의를 받았다. 기뻤다. 돈을 많이 번다거나 명예직은 아니었지만 작은 끈이나마 사회와 연결된다는 것만으로도 가슴이 벅찼다.

즐거운 마음으로 주어진 일에 최선을 다했다. 조금씩 인정을 받게 되고 비로소 내 명함을 갖게 되자 자신감이 생겼다. 다양한 사건 현장을 찾아가 인터뷰를 하고 녹음을 하고 방송을 하는 일이 즐거웠다. 리포터를 하다가 구성작가 일을 맡게 되었다. 그 또한 새로운 일이라 흥미로웠다. 열심히 하다 보니 다른 방송국에서 메인 작가 제의가 들어왔다. 오랫동안 맡았던 그 프로그램으로 한국프로듀서연합회에서 주는 '라디오 부문 한국 작가상'이라는 영예를 얻기까지 했다.

하지만 밤새워 열심히 쓴 글이 방송이 끝나는 순간 사라지는 것이 아쉬웠다. 나는 또 다른 세상을 꿈꿨다. 오랫동안 막연하게 갈망하던 '소설의 집'을 짓기로 마음먹었다. 소설 공부를 다시 시작한 것이다. 치열하게 쓰고 읽으며 상상의 나래를 펼쳤다. 밤새 쓴 단편소설을 쓰레기통에 집어넣기를 수백 번도 더 했다. 절망감으로 나락에 빠져 허우적거릴 때도 많았다. 방송 일도 하고 시어머니도 모시고 아이들도 키워 내며 소설을 쓰는 일은 쉽지 않았다. 신춘문예 철이 되면 열병을 앓느라 끙끙대면서도 나는 소설을 향한 짝사랑을 놓지 못했다.

몇 년 동안 신춘문예에서 고배를 마신 뒤, 문예지에 응모해 '소설가'가 되었다. 비로소 나란 존재가 손에 잡히는 것 같았다. 하지만 등단은 시작에 불과했다. 이 땅에는 글 잘 쓰는 사람들이 무수히 많았다. 기성 작가의 자리에는 비집고 들어갈 틈이 보이지 않았다. 독자의 눈으로 좋은 작품을 읽고 나면 뿌듯했지만, 작가의 입장에서 수작을 만나면 기가 죽었다.

'독자에게 공감을 얻을 만한 글을 쓸 깜냥이 되는 건가? 그냥 고급 독자로 남아 좋은 책이나 읽었다면 더 행복했을 텐데……. 왜 소

설을 쓰게 되었을까?'

절망을 넘어 자괴감까지 들 때가 많았다. 엎친 데 덮친 격으로 작은아들이 중학생이 되면서부터 질풍노도의 길을 걸었다. 자칫 늪에 빠질까 두려워 눈이 짓무를 만큼 울며 다녔다. '문제아는 부모 탓'이라는 말이 비수가 되어 내 가슴을 찔렀다. 어찌할 수 없는 막다른 골목에서 아들이 열여섯 살 되던 해에 해외로 보내고 말았다.

나는 아들이 해외에 나가 있는 동안, 기도하는 심정으로 청소년 소설을 쓰기 시작했다. 내가 겪은 문제아들의 이야기를 장편소설로 써 내려갔다. 그야말로 눈물로 쓴 소설이었다. 책으로 출간된《분홍 벽돌집》을 받아 든 순간, 울컥했다.

"아들아, 고맙다. 엄마는 한순간도 너를 포기한 적이 없어. 엄마의 믿음을 저버리지 않아서 고마워. 이 책은 네가 쓰게 해준 거야."

책이 나온 날, 마침 한국에 들어온 아들에게 나는 진심을 담아 말했다.

청소년을 위한 글을 쓰는 순간, 힘이 솟았다. 내게 잘 맞는 옷을 입은 듯한 편안함이랄까, 사명감이 느껴졌다. 나는 그때부터 지금까지 아프고 힘들어 방황하던 내 아들처럼 휘청거리는 이 땅의 아이들을 위한 글을 쓰고 있다.

그러던 어느 날 내게 탈북청소년들이 왔다. 그들을 만난 건 작가인 내게 선물이었다. 나는 탈북대안학교에서 청소년들에게 글쓰기 지도를 하면서 많은 영감과 소재를 얻었다. 내가 만난 아이들 중 사연이 없는 경우는 없었다. 모두가 아팠다. 하지만 그들은 아픈 만큼

성숙했고 원대한 꿈을 갖고 있었다. 그들의 이야기를 르포 혹은 동화로, 소설로 쓰는 작업을 하면서, 나는 비로소 작가로서의 소명감을 느끼게 되었다.

아직 가야 할 길이 멀고, 더욱 견고해져야 할 내 문학의 집이지만, 나는 지금 이대로가 너무 행복하다. 아침에 눈을 뜨면 해야 할 일이 있다는 것이 얼마나 감사한지! 한 계단 한 계단 올랐기에 오십이 넘은 이 나이에도 더 오를 계단이 보이는 것 아닐까.

무엇보다 무명이나 다름없는 나의 글을 기다려주는 출판사가 있다는 것은, 대단한 행운이 아닐 수 없다. 감사하는 마음으로, 나는 오늘도 씨실과 날실을 엮는 장인 정신으로 책상 앞에 앉아 있다.

그럼에도 가끔은 내가 제대로 가고 있는 것인지 불안해질 때가 있다. 특히 나이를 인식할 때면 더욱 그렇다. 반짝이는 문체와 기발한 소재를 바탕으로 쓴 젊은 작가들의 글을 읽으면 의기소침해진다. 그럴 때마다 나는 마음을 다스리기 위해 서재를 찾는다. 내게 책은 스승이고 멘토이며 날카로운 채찍이자 위로자이기 때문이다.

에릭 뒤당이 쓴 《50세, 빛나는 삶을 살다》라는 책이 나에게 위로의 손길을 내민다. 인생 후반기에 불꽃같은 삶을 산 30인의 도전과 열정을 담은 책이다.

코코 샤넬은 71세에 패션계를 다시 평정했고, 알프레드 히치콕은 61세에 〈사이코〉를 찍었으며, 빅토르 위고는 60세에 《레 미제라블》을 발표했다. 미구엘 데 세르반테스가 《돈키호테》를 쓴 나이가 58세라는 데 큰 힘을 얻었다. 세계적인 명작이 나보다 더 나이 든 작가가 쓴 작품이라는 사실에 놀랐다. 두 작가의 사연이 깃든 내용을 읽다 보니, 아주 오래전 방송을 위해 박완서 선생님을 인터뷰했던 일이 생각났다.

일로 찾아갔기에 일단 필요한 인터뷰부터 했다. 그 당시 글을 쓰시면서 베란다에 텃밭 가꾸는 이야기를 주로 나눴던 것 같다. 녹음이 끝나자, 선생님이 참외와 함께 시원한 차 한 잔을 주셨다. 선생님은 내게 큰언니처럼 친절을 베푸셨다. 그 따뜻함에 이끌려 나도 모르게 속내를 털어놓고 말았다.

"선생님, 실은 저도 소설을 쓰고 싶어서 창작교실에 나가고 있어요."

대작가 앞에서 소설을 쓰고 있다는 말을 하는 것이 부끄럽긴 했지만 내심 선생님의 격려와 응원을 기대했던 것 같다. 그런데 뭔가 분위기가 썰렁해졌다. 지금까지 온화하던 선생님의 얼굴이 살짝 굳어 가고 있었다. 나의 얼굴을 찬찬히 들여다보시던 선생님은 어린아이 달래듯 조용히 내게 말씀하셨다.

"흔히들 나보고 늦깎이 작가라고 하지요. 그 말은 마흔에 갑자기 나타난 작가라는 뜻이 담겨 있기도 해요. 하지만 그렇지 않아요. 나는 어려서부터 글을 쓰고 싶었어요. 그래서 대학도 국문과를 지원했던 거예요. 대학 들어가던 해에 전쟁이 나서 공부는 더 못 했지만, 나는 한 번도 그냥 놀아 본 적이 없어요. 아이들을 키우면서도 책 읽고 쓰는 일을 꾸준히 했어요. 내가 하루아침에 혜성처럼 나타난 작가가 아니라는 말이지요. 정말 소설을 쓰고 싶다면, 집 안의 걸레가 말라비틀어지는 것을 보고도 그대로 앉아 자기 글을 쓸 수 있을 정도로 독해야 해요. 치열하지 않으면 안 된다는 말입니다. 어설프게 소설을 쓰려면 그냥 지금 하는 일 하면서 행복하게 사세요."

뒤통수를 한 대 맞은 기분이었다. 정신이 바짝 들면서 소설에 대해 많은 생각을 하게 되었다. 소설을 쓰려면 마음을 단단히 먹어야겠다고 다짐하게 된 계기였다. 열심히 달려왔지만, 왠지 내가 온 길에 대한 확신이 안 설 때마다 나는 박완서 선생님과의 대화를 떠올리곤 했다.

'그래, 나는 이제 시작이다. 그러므로 치열하게 쓰고, 열심히 읽고, 탐구하자. 박완서 선생님의 빛나는 글 세계가 하루아침에 이루어진 것이 아니었듯이 내 글밭 또한 갈고닦다 보면 언젠가는 빛을 보게 될 것이다.'

소가 여물을 되씹듯 나는 책상에 이 말을 적어 놓고 수시로 읽었다. 박완서 선생님의 따끔한 충언은 내게 나침반이자 지침서가 되었다.

아직도 나는 오르고 싶은 계단이 많다. 그래서 내 인생은 늘 공사 중이다. 그건 명예나 돈을 좇기 위함이 아니다. 《연을 좇는 아이들》을 쓴 할레드 호세이니처럼 독자의 심금을 울릴 만큼 좋은 글을 쓰고 싶다는 소망 때문이다.

진주를 캐듯
재능을 발견한 사람들

　나는 오랫동안 방송 글을 써 왔다. 밤새워 쓴 글이 전파를 탈 때의 환희는 컸지만 왠지 허망했다. 오롯이 나만의 이름으로 남는 글을 써보고 싶었다.

　혼자서는 단 한 발자국도 나아갈 수 없다는 절박함이 나를 '글 쓰는 사람'들 속으로 이끌었다. 대부분 나처럼 다른 일을 하고 있는 사람들이 모여 합평하며 책을 읽고 토론하는 작업을 해나갔다. 그들도 나처럼 열병을 앓고 있었다. 함께 느끼는 동질감이 희망으로 다가왔던 시간이었다.

　어느 날 그 모임에 전업주부인 S가 합류하게 되었다. 나이는 나와 비슷했고 문학소녀였다. 아이들이 자라 고등학생이 되면서 꿈을 이루어 보고 싶은 마음에 나오게 되었다고 했다. 의기투합해서 글을 쓰고 합평을 해나갔다. 그중에는 신춘문예로 등단한 사람도 있고, 나처럼 문예지로 등단한 사람도 있었다. 그런데 문제는 전업주부였던 문우다. 제법 글의 틀을 갖추고 나름 열심히 써서 응모하는데 어느 곳에서도 당선이 되지 않았다. 그녀 역시 나처럼 나이 들어 소설을 시작했기 때문에 누구보다 등단을 염원했다. 안타까웠지만 격려의 말 외에는 달리 해줄 수 있는 게 없었다.

그러다 서로 바쁘게 지내느라 모임은 뿔뿔이 흩어지게 되었다. 각기 어느 자리에선가 글을 쓰거나 책을 만들며 지낸다는 건 알고 있지만, 따로 시간을 내어 만나지는 못했다.

그러던 어느 날이었다. 나는 한 도서관에서 주최하는 '작가와의 시간'에 나가게 되었다. 처음 가보는 도서관이라 미리 분위기도 익힐 겸 일찍 도착했다. 제법 큰 도서관의 게시판에는 다양한 프로그램이 소개되고 있었다. 그때였다. 낯익은 여성이 나처럼 게시판을 두리번거리고 있었다. 글 쓰는 모임에서 만났던 S였다. 내가 등단한 후로 처음이니 십 년은 된 듯했다. 그동안 서로 많이 달라진 것 같으면서도 예전 모습 그대로이기도 했다. 우리 두 사람은 마치 이산가족이 만나기라도 한 것처럼 반갑게 인사를 나눈 뒤, 도서관 식당에서 차 한 잔을 나눴다.

공교롭게도 분야는 다르지만 우리 둘 다 그 도서관에 강의를 하러 온 것이었다.

"박 작가님, 새 책 나올 때마다 보고 있었어요. 열심히 활동하는 모습이 정말 보기 좋아요."

먼저 운을 뗀 그녀에게 무슨 말을 어떻게 해야 할지 몰랐다. 글 쓰는 사람들끼리는 등단 여부를 묻는 것이 상처가 될 수도 있어 조심스러웠다.

"소설 쓰기를 포기했을 때는 정말 힘들었어요. 내 인생에서 가장 열정적으로 도전했던 일이라서……. 그러다 누군가 내게 자서전 쓰기 지도사를 양성하는 코스가 있다고 귀띔을 해주었어요. 호감이 가더라고요. 곧바로 전문학원에 등록을 했지요. 소설 공부를 했기 때문에 자서전 쓰는 것이 어렵지는 않았어요. 오히려 상상 속의 글을 쓰는 것보다 실질적인 삶을 그리는 작업이 내게 잘 맞았어요. 요즘은 여기저기 강의도 많이 하고 있어요. 돈도 많이 벌어요. 호호호."

그녀는 박꽃처럼 환히 웃었다. 당당함과 자긍심이 묻어나는 모습이 참 아름다웠다. 오래전 등단을 하지 못한 아픔 때문에 움츠리고 있던 사람이 아니었다. 나는 그녀가 참으로 길 찾기를 잘했다는 생각이 들었다. 순수문학의 길을 걷는 것도 좋지만, 다른 장르에서 일하는 것도 보람될 것 같았다.

자본주의 사회에서 자신이 노력한 만큼 경제적인 보상을 받는다는 것 또한 무시할 수 없다. 나이 들어 시작한 일이라면 더욱 그렇다. "돈도 많이 번다"며 웃던 그녀의 말속에는 많은 뜻이 내포되어 있었다. 순수문학은 돈과는 거리가 멀다. 자신의 이름으로 책을 남긴다는 명분이 아니면 소설을 쓰는 일은 멀고도 험한 길이다. 문인의 일 년 연봉은 말하기조차 부끄럽다. 이건 소설 쓰는 것을 폄하하거나 작가를 무시해서가 아니다. 그만큼 순수문학을 택하는 데는 굳은 의지가 필요하다는 말이다.

자서전 쓰기 지도 강사로 나선 S의 모습에서는 성취감을 느낀 자만이 누릴 수 있는 당당함이 보였다. 문학소녀였던 재능을 직업으로 승화시킨 그녀가 멋져 보였다. 앞으로 그 실에서 빛나는 활약을 할 것이라 믿는다.

그녀를 보면서 느낀 또 한 가지!

지금 내 앞의 문이 열리지 않는다고 낙담하지 말기. 돌아가다 보면 정말 나를 위해 준비된 문이 열릴 것이란 확신이다. 여기에는 조건이 있다. 그녀가 지금 강사가 될 수 있었던 것은 늘 쓰고 읽어 왔던 밑바탕이 있었기 때문이다. 준비된 자만이 기회를 얻을 수 있는 것이다.

내가 무슨 일인가를 꿈꾼다면, 지금부터 꾸준히 물밑 작업을 해나가야 한다. 기회는 사람을 기다려주지 않는다. 버스가 내 앞에 왔을 때 탈 수 있는 만반의 준비가 되어 있다면, 무슨 일이든 꿈꿔도 좋다.

내 주변에는 늦깎이로 자기 길을 찾아간 사람이 꽤 많은 편이다. 그림을 그리는 친구 이야기이다. 캔버스와 물감만 봐도 가슴이 아팠다는 친구는 마흔이 넘어 동양화가를 찾아가 공부를 시작했다. 평생 해보고 싶었던 것을 못 하고 죽으면 너무 억울할 것 같았단다. 그야말로 한풀이인 셈이다. 그림을 지도해 주던 화가가 지금까지 잠자고 있던 재능이 아깝다며 격려해 주는 바람에 친구는 본격적으로 그림 공부를 했다. 그림을 그리다 보니 아이들 키울 때 읽어 주던 동화가 생각나 자기 그림에 접목시켜 그림동화를 발표하기도 했다. 지금은 엄마와 아기가 함께 보는 그림동화 작가로 활동하고 있다.

마음만 먹으면, 또한 관심만 있으면 숨은 재능을 발견할 수 있다. 발견만이 능사는 아니다. 모래 속에서 다이아몬드를 가려내듯 자기 안의 재능을 발굴해 갈고닦는 과정을 거쳐야 한다. 꾸준히 성실하게 자기 길을 가다 보면 어느 날 소설가든, 자서전 쓰는 법을 가르치는 전문가든, 동화작가든, 작사가든, 자기 명함을 내밀 수 있는 자리에 서게 되는 것이다.

자신이 목표로 한 곳을 향해 한 발자국씩 내딛는 과정 또한 즐길 만하다. 늦지 않았다. 내 안에 잠자고 있는 재능을 끄집어내는 작업부터 시도해 보자.

부모님 병실 지키다
장례 지도사로

여자 나이 오십은 징검다리다. 아줌마와 할머니의 중간 지대. 지금까지 살아온 세월과 죽음의 문턱 그 중간쯤에 선 나이다. 그래서인지 치러야 할 일도 많고 책임질 일도 더욱 늘어나는 시기이다. 마음은 청춘이지만 손자 손녀에게는 당연히 할머니로 불린다. 그런가 하면, 친정 부모님이나 시부모님의 죽음을 지켜야 하는 막중한 책임을 떠맡게 되는 나이다.

고령화 시대가 본격화되면서 이제 팔십 세까지 사는 건 자연스러운 일이 되고 말았다. 그러다 보니 오십 대에 접어든 자식들이 부모의 병간호를 맡게 되는 경우가 많다.

고향 친구 중에 아주 특이한 경우가 있다. 정희는 중학교 때 공부를 잘했다. 얼굴도 예쁘고 성격도 여성스러워 남학생들의 인기를 독차지했다. 우리가 나고 자란 곳이 워낙 깡촌이라 당시만 해도 고등학교에 진학하는 아이들이 별로 없었다. 공부를 잘했던 정희는 부모님의 만류로 상급학교에 진학하지 못하게 되었다. 졸업식에서 눈물 짓던 정희의 얼굴이 세월이 지나도 잊히지 않았다.

초겨울로 접어들던 어느 날, 동창회 총무에게서 문자가 왔다.

"동창 이정희 모친상. 효병원 영안실."

문자를 보는 순간, 공부를 끝까지 못하게 된 서러움에 눈물을 흘리던 정희의 얼굴이 떠올랐다. 나는 몇몇 동창들과 함께 영안실을 찾았다. 이미 낯익은 얼굴들이 와 있었다. 이렇게 경조사가 있을 때나마 어린 시절 친구들을 만날 수 있어 다행이었다. 그동안 정희는 동창 모임에 단 한 번도 나오지 않았지만, 꽤 많은 친구들이 모였다. 정희의 인기는 여전했다. 거의 삼십오 년 만에 보는 정희는 여전히 예뻤다. 수줍게 웃는 모습도 같았고, 약간의 주름을 빼면 소녀 적 얼굴 그대로였다. 나는 정희의 손을 잡고 위로를 건넨 뒤 그간의 소식을 들었다.

"어머니가 많이 아프셨다며? 네가 고생 많았다는 소식 들었어."

다른 친구들에게 들은 말이 있어 내가 물었다.

"어머니는 젊어서부터 당뇨가 있으셨어. 오 년 전부터 합병증으로 고생을 많이 하셨는데 마지막에는 오랫동안 입원하셨지. 덕분에 내가 새로운 일을 하게 되었지만 말이야."

정희는 문상 온 동창들에게 그간 살아온 이야기보따리를 풀기 시작했는데 마치 장례식장이 아닌 작은 간담회 같았다.

"너희들 고등학교 교복 입고 다니는 모습 보는 게 죽기보다 싫었어. 졸업하자마자 구로공단이라는 곳에 들어가 돈을 벌었는데 그것도 힘들더라. 나보다 열 살은 더 많은 공장 반장이 좋아한다고 해서 스무 살도 되기 선에 결혼했어. 아이 낳아 키우다 보니, 공부에 대한 아쉬움이 좀 사라지더라고. 남들 사는 만큼은 살았으니까."

친구의 말을 들으며 가슴속에 한이 많았구나 싶었지만 아무 말도 못 했다.

"어머니가 합병증으로 쓰러져 병원에 입원했는데 간호할 사람이 아무도 없는 거야. 형제들 중 형편이 가장 나은 내가 엄마를 맡아서 출근하듯 병원을 오갔지. 병원에 있다 보니 매일 죽어 가는 사람을 보게 되더라고. 하루는 우연히 장례 치르는 걸 보게 되었는데. 깔끔하게 차려입은 정장 차림의 장례 지도사가 눈에 들어오더라. 여자였어. 나만큼은 아니지만 꽤 나이가 든……. 그 여자를 보는 순간, 나도 저 일을 해보고 싶다는 생각이 들더라고. 여기저기 알아봤더니 대학을 나오지 않아도 자격증을 딸 수 있는 방법이 있더라. 도전해 보고 싶었어."

그때부터 정희는 검정고시 준비를 해서 고등 과정을 마쳤다고 한다. 장례 지도사 자격증을 따는 데 학력이 걸리는 건 아니지만 늦게나마 못다 한 공부를 하고 싶었고, 무엇보다 제대로 장례 지도사 공부를 해보고 싶었다고 한다.

장례 지도사 자격증을 딸 수 있는 민간 교육기관에 나가 공부를 하는데 너무도 기뻤다고 한다. 늦게 시작했지만 앞으로도 활용할 수 있는 공부를 하는 것이라 더욱 몰입해서 할 수 있었다고 했다.

"우리 어머니 염을 내가 해드렸어. 어머니 병실 지키면서 새로운 길을 찾았으니 더욱 정성 들여 마지막 길을 준비해드렸지. 정말 기분이 묘하더라. 많이는 아니지만 다른 시신도 염을 해보았지만 내 어머니의 염을 해드리는 건, 특별했어."

눈가의 물기를 닦으며 차분히 말하는 친구가 남달라 보였다. 어린 시절 받았던 상처가 컸을 텐데, 저토록 멋진 일을 하고 있다는 게 자랑스럽기조차 했다.

나는 옛 친구 어머니의 조문을 다녀오며 많은 생각이 들었다. 얼마 전에 본 영화 〈내 사랑 내 곁에〉에서 장례 지도사로 나오는 하지원의 모습도 떠오르면서, 내 친구가 그 일을 하고 있다는 게 그저 놀라울 뿐이었다.

한국 여성의 평균수명은 84.0세로 세계 8위, 한국 남성의 평균수명은 77.3세로 세계 26위라고 한다. 내 친구는 마흔아홉 살에 장례 지도사 자격증을 땄다고 하니, 앞으로 일할 시간이 창창할 것이다. 예전에는 이 일을 하는 사람들을 홀대하는 경우가 있었다고 한다. 전문 자격증을 필요로 하는 것도 아니었고, 그런 제도적 장치도 없었다. 지금은 대학에 장례 지도과가 생겼을 정도로 새로운 직업으로 부상하고 있다.

그런 면에서 내 친구는 정말 선택을 잘한 것 같다. 일단 여자 나이 오십이면, 죽음을 추상적인 것이 아니라 구체적인 것으로 생각하게 된다. 주위의 가까운 가족이나 친지들의 죽음을 목도하게 되기 때문이다.

죽음을 체험할 만큼 몸이 아파 보기도 하고, 사랑하는 가족의 죽음을 맞은 적도 있을 것이다. 그런 경험을 살려 장례를 치르는 사람들을 도와주는 일은 사회봉사가 될 수도 있다. 물론 몸이 힘들고 그힘든 만큼의 보수가 따라오는 것은 아니라고 한다. 명절이나 주말이나 휴일에도 부르면 달려 나가야 하는 불편도 있을 수 있다. 하지만가족을 잃고 슬픔에 젖어 있는 사람들에게 장례 지도사로서 친절하게, 숙련된 자세로 장례를 치러준다면, 그보다 더 든든하고 고마운일은 없을 것이다.

어머니 장례를 치른 뒤, 정희에게서 전화가 왔다. 우리는 그동안못다 한 이야기를 하느라 족히 한 시간은 넘게 수다를 떨었다.

"공부하는 데 나이는 상관없는 것 같아. 내가 장례 지도사 공부하면서 느낀 건데 의욕만 있으면 뭐든 할 수 있는 것 같더라."

"너 정말 대단해. 보람된 일이 많지?"

내가 진심으로 경의를 표하며 물었다.

"맞아. 이 일이 약간 어둡고 우울하긴 해도, 내 손으로 한 영혼의마지막 길을 잘 보내드리는 일이라 할수록 의미 있는 것 같아. 나중에 유족들에게 고맙다는 말을 들을 땐 정말 뿌듯해."

그럴 것 같았다. 늦게나마 자기 안의 오랜 콤플렉스에 도전해 풀어 나가는 친구의 목소리에서는 성취감이 묻어났다.

오십이 되면 누구나 '이제 무엇을 다시 시작한다'는 것에 극도로 겁을 먹는다. 마음의 문 앞에 '나는 안 돼'라는 차단막을 쳤기 때문이 아닐까?

　"일을 해보면 쉬운 것이다. 그럼에도 시작은 하지 않고 어렵게만 생각하기에 할 수 있는 일들을 놓치게 된다"라고 했던 맹자의 말처럼 '시작이 반'이다. 무슨 일이든 늦은 때란 없는 법이다.

숲 해설가가 되었어요

나는 야생화라든가 들풀, 들꽃이라는 말만 들어도 설렌다. 어린 시절 자연 속에서 살았기 때문이다. 그동안 기회가 닿을 때마다 숲에 대한 공부 모임에 나가 공부를 했다. 막연히 꽃을 좋아하기보다는 생태계에 대해서, 숲이 인간에게 미치는 영향 등에 대해 알고 나니 자연이 더욱 친구처럼 느껴졌다. 숲 공부를 통해 만난 사람들은 자연처럼 순수하며 멋졌다.

성북구의 개운산 자연생태교실의 숲 해설가인 김 선생님과 나의 인연은 꽤 오래되었다. 숲이 좋아 무작정 쫓아다니다 김 선생님을 만나게 된 건 아이들이 어렸을 때였다. 김 선생님은 초등학생인 아들과 딸을 데리고 다니며 열심히 공부해, 정통 숲 해설가가 되었다.

김 선생님이 숲에 대해 공부하는 모습은 정말 치열했다. 평일에는 아이들이 학교에서 돌아오는 시간에 맞추어 공부하느라 종종걸음을 쳤고, 주말에는 두 아이를 현장에 데리고 나가서 실습을 하곤 했다. 민물고기의 생태라든가, 꽃과 곤충의 상관관계를 공부할 때도 자녀들을 데리고 다녔다. 자연히 아이들도 자연 박사가 되어 갔다. 그 모든 것들이 자격시험을 보는 데 큰 도움이 되었고, 아이들도 자연을 사랑하게 되었으니 일거양득의 효과를 얻은 셈이다.

아이들이 어렸을 때 시간과 모든 것을 투자한 결과, 김 선생님은 지금 숲 해설가로서 활발하게 활동하고 있다. 어느덧 고등학생이 된 자녀들도 엄마의 든든한 지원자가 되어 주고 있다.

지금 마흔여섯 살인 김 선생님은 제대로 인생 제2막을 준비한 셈이다. 강의하는 횟수가 늘어 갈수록 노하우도 쌓이고, 자격증도 애써 따 놓았으니 걱정할 게 없을 듯싶다. 젊어서 미래를 준비한 덕분에, 지금은 느긋하게 자신이 좋아하는 숲과 나무 그리고 꽃과 함께 하는 생활을 하고 있다. 늘 진지한 자세로 자연을 대하고, 자연에서 얻은 지혜와 지식을 사람들에게 나눠주는 모습이 참 아름다운 여성이다. 나는 그저 자연이 좋아 숲 해설가를 쫓아다녔지만, 그 자체가 직업이 되고, 인생 제2막이 된 김 선생님 같은 분을 만나면 반갑다.

몇몇 대학의 평생교육원이나 전문 단체에서 양성하는 숲 해설가 양성 과정을 배우는 사람들 중에는 교사를 포함해 다양한 직업을 가졌던 여성들이 많다. 자연 속에서 진행되는 수업 또한 참으로 매력적이다. 숲 해설가의 강의와 함께 자연 속에서의 식사 또한 환상

적이다.

　꽃을 보되, 예전의 무지한 눈으로 보는 것이 아니라 전문가의 설명을 듣고 보는 꽃은 또 다른 매력으로 와 닿는다. 곤충도 마찬가지고, 나무도 그렇다. 숲 해설가를 꿈꾸는 사람들은 자연을 닮았다. 그래서 만나면 늘 반갑다. 숲 해설가는 자연을 사랑하고, 숲과 야생화를 좋아하는 사람이면 누구나 될 수 있다. 문을 두드리는 자에게 언제나 손을 내밀어 준다는 말이다.

　나처럼 들과 산으로 돌아다니길 좋아하던 이들이 숲 해설가가 되어 사람들 앞에서 강의하는 모습을 보면 흐뭇하다. 그동안은 숲 해설가가 되는 과정을 거치면 시청이나 각 문화 단체에서 수료증을 주었다. 하지만 얼마 전부터 숲 해설가도 자격증 제도가 생겼다. 각 대학의 평생교육원이나 숲 해설가를 양성하는 전문 문화센터 등에서 실시하는 과정을 밟으면 자격증을 취득할 수 있다. 즐기면서 자격증도 따고 기회가 되면 일도 할 수 있다. 자연이 좋아 자연을 즐기면서 숲 해설가로 활동할 수 있다면 이보다 더 멋진 직업이 있을까.

　일하고 싶지만 일할 자리가 없다. 백날 소리쳐도 소용없다. 준비하고 도전하고 문을 두드려야 한다. 두드리는 자에게는 언젠가 문이 열린다. "열 번 찍어 안 넘어가는 나무 없다"는 속담은 연애에만 해당되는 게 아니다. 중년의 변신을 꿈꾸는 사람들에게도 꼭 필요한 말이다.

다시 시작이다

채널을 돌리다 우연히 한 여자를 만났다. 호소력 짙은 목소리가 나를 사로잡았다. 비 오는 날 처마 밑에 떨어지는 빗물 소리처럼 처연했다. 온몸에 소름이 돋을 만큼 가창력 또한 뛰어났다. 아이돌이나 걸 그룹처럼 풋풋하거나 섹시하지는 않지만, 애수에 젖은 눈매가 매혹적이었다. 알고 보니, 그 무대는 트로트 가수를 뽑는 오디션이었다.

결국 그 여자는 유명 가수에게 픽업되는 영광을 맞게 된다. 그녀는 인터뷰를 하며 왈칵 눈물을 쏟았다. 객석에 앉아 딸의 모습을 지켜보며 눈물 흘리는 어머니의 모습을 보자 나도 눈가가 뜨거워졌다.

"삼십 년 동안 무명 가수로 살았습니다. 언젠가는 빛을 볼 것이란 기대로 지금까지 왔습니다. 결혼도 하지 못했습니다. 곁에서 나를 지켜보던 어머니는 위암 수술에 많은 합병증으로 고생하고 계십니다. 어머니 생전에 내가 가수로 성공하는 모습을 보여드리고 싶어 이 자리에 섰는데…… 이렇게 선택을 받고 나니……."

여자는 목이 메어 제대로 말을 잇지 못했다. 왜 아닐까. 삼십 년 세월을 무명으로 살아오며 가슴에 쌓인 한을 폭풍처럼 쏟아낸 때문이리라.

"삼십 년 무명 시절은 잊겠습니다. 지금부터 시작입니다!"

그녀는 이 말을 마친 뒤, 총총히 무대에서 내려갔다.

방송을 본 뒤, 나는 많은 생각을 했다. 키 작은 여가수의 눈물 속에는 많은 이야기가 담겨 있을 것이다. 결혼도 미루며 가수가 되길 갈망했던 그 많은 세월에 담긴 애환. 말하지 않아도 짐작이 된다.

그녀가 늦게나마 중앙 무대에 설 수 있었던 것은 '무명의 세월'을 견뎠기 때문이다. 인터뷰 내용을 보니 피아노를 지거울 정도로 연습하고, 카페에 나가 목청껏 노래를 하고 집으로 돌아오는 밤길에 삼켰던 고독이 하늘을 찔렀다고 한다. 그럼에도 그녀는 노래를 부르고 또 불렀다. 단 한 순간도 노래의 길에서 벗어나지 않았다. 그리고 꿈을 꾼 것이다. 언젠가는 중앙 무대에 설 것이라는.

이 땅에는 재능이 뛰어남에도 무명으로 사는 사람이 많다. 하지만 '무명'의 세월이 없이는 '유명'도 없다.

"지난 무명의 시절은 잊겠습니다. 지금부터 시작입니다!"

이 말과 함께 무대를 내려간 키 작은 그녀가 거인처럼 느껴졌다.

얼마 전에 나의 가장 친한 친구가 일을 그만두게 되었다. 그녀는 결혼과 동시에 외국에 나가 공부하고 돌아와 남편과 함께 환경정화 처리를 해주는 중소기업을 이끌어 왔다. 사기 분야의 전문가가 되기 위해 공부를 계속 하는 등 열정적으로 일했다. 그런 친구의 모습을 볼 때마다 자랑스러웠는데 갑자기 일을 놓았다는 소식을 듣고 놀랐다. 갱년기가 되면서 몸이 너무 힘들어 더는 사업을 해나갈 수 없게 되었다고 한다. 지병으로 응급실에 실려 갈 정도였다는데 나는 그런 사실을 모르고 있었다. 그러고 보면 친구는 잠시 아이를 키우던 시간을 빼고는 평생 일을 해온 셈이다. 야생마처럼 달리던 친구는 건강 때문에 일을 놓고 나서 의욕 상실 상태에 빠진 것 같았다.

"회사에 나갈 때는 그렇게 책이 읽고 싶었는데 막상 집에 있으니 손에 안 잡히네. 아무것도 할 수 없을 것 같아. 바보가 된 것도 같고. 사회에서 도태된 것 같기도 하고. 암튼 몽롱해."

전화선 너머에서 들려오는 목소리에 힘이 빠져 있었다. 시험 기간 중에는 그토록 하고 싶었던 일인데도 막상 시험이 끝나고 나면 아무것도 하고 싶지 않은 학생의 심정인 것 같았다. 더불어 내 마음도 아릿해 왔다. 나는 친구가 자칫 우울의 늪에 빠질까 걱정이 되어 수시로 전화를 했다.

며칠 전에는 친구를 봄 햇살 속으로 끌어냈다. 도심 속에 도롱뇽 알이 살아 움직인다는 백사실로 그녀를 안내했다. 숲은 어머니처럼 푸근한 미소로 우리를 맞아 주었다. 친구와 나는 소풍 나온 아이처럼 손을 잡고 숲길을 지나 도랑에 다다랐다. 도랑에는 신기하게도 도롱뇽이 살아 움직이고 있었다. 나도 모르게 환호했다. 처음에는 아무런 의욕이 없었던 친구도 꿈틀대는 도롱뇽 알을 보자 화색이 돌았다.

"축 처져 있지 말고……. 소설 다시 시작해 봐."

단도직입적으로 말했다. 실은 그녀도 나처럼 소설을 사랑하고 있었다(우리는 한때 소설 합평반을 만들어 치열하게 토론을 벌이기도 했다).

"지금 나이에 내가 할 수 있을까? 책도 못 읽었고, 파릇파릇 젊은 작가들도 많은데……. 자신이 없어. 하지만 이대로 살 수는 없고. 미칠 것 같네."

이해도 되고 공감도 되었다. 그렇다고 미칠 것 같다며 마냥 푸념만 하고 살 것인가. 내가 보기에 그렇게 살다가는 정신 상담을 받게 될 것 같았다.

자신 없어 하고 막막해 하는 친구를 보니 많은 얼굴들이 스쳐 갔다. 전문직에서 일하던 사람들이 '인생 제2막'의 문 앞에서 버거워하던 모습이다. 평생 방송 일을 해온 고급 인력이 은퇴 후 절망하는 것도 보았고, 교직에 있던 분이 백수 생활에 막막해 하는 경우도 보았다. 지금 우리 사회는 오랫동안 쌓아 온 경력을 재활용할 기회가 없는 것이 문제다. 더구나 당장 고급 인력을 재활용할 방법을 모색하는 것 같지도 않으니 막막하다. 그저 '위기는 기회'라는 말을 믿어 볼 수밖에.

"지금부터 시작이라고 생각해 봐. 너, 옛날에 소설 쓰고 싶어 했었 잖아. 지금부터 십 년만 투자해 봐. 등단이라든가 남의 이목 신경 쓰지 말고, 네가 쓰고 싶은 것을 찾아 읽고 쓰고 해. 뭔가 또 다른 네 길을 찾을 거야. 너 외국 나가서 힘들게 공부했던 것만큼만 하면 되지 않을까. 아님 속 썩이는 직원들 데리고 사업하던 것 생각하면 못 할 거 뭐 있어? 건강도 챙기면서 말이야."

진심이었다. 나는 친구가 몸이 아프다는 이유로 자신의 방 앞에 'Stop'이라는 문패를 달지 않기를 바랐다.

친구와 나는 도랑을 지나 야트막한 동산에 앉기로 했다. 나는 며칠 전에 보았던 무명의 세월을 삼십 년이나 견딘 여가수 이야기를 꺼냈다. 내가 열변을 토하자, 친구는 가만히 나를 바라보며 조용히 말했다.

"다른 사람 이야기 할 것도 없지. 너를 지금부터 내 롤 모델로 삼을게. 네가 작가로 어떻게 살아왔는지 곁에서 지켜봤으니까. 나도 너처럼 한 계단 한 계단 올라가다 보면 언젠가 중간쯤은 오르지 않을까? 하하."

나는 친구의 말에 당황하긴 했지만 기분이 나쁘지는 않았다. 가까이 있는 사람에게 인정받는 것처럼 뿌듯한 일은 없으니까. 무엇보다 친구의 웃음소리를 들을 수 있어 기뻤다.

"나 역시 지금부터 시작이라고 생각해. 늘 그랬듯이 말이야. 나도 어쩌면 키 작은 가수처럼 삼십 년 무명작가로 갈지도 몰라. 그래도 내가 하고 싶은 일을 향해 가는 거니까 견딜 만하잖아. 이 길을 너와 함께 간다고 생각하면 신날 것 같아. 다시 시작하자, 우리."

진심이다. 나 또한 한때는 '무명작가'라는 말 앞에 가슴이 먹먹했던 때가 있었다. 글 쓰는 일을 하며 살아온 세월이 얼마인데, 아직도 무명이라니. 친구가 말한 대로 나는 병아리 걸음만큼 조금씩 한 계단 한 계단 오르며 왔다. 방송 글에서 소설 쓰는 일로, 르포로, 동화로, 한 권씩 책을 내게 될 때마다 감사했다. 비록 정상은 멀고 나는 무명일지라도 묵묵히 가다 보면, 내 글을 사랑하는 사람들도 생길 거라는 자위를 하면서 말이다.

그 마음을 친구가 알아주었다는 것이 기뻤다. 롤 모델이라는 말은 과하지만, 친구와 글 이야기를 나누며 함께 나이 들어 가는 모습, 상상만으로도 행복했다.

그날, 숲에서 내려와 치킨과 맥주로 저녁을 대신하며 친구와 나는 브라보를 외쳤다.

"다시 시작이다!"

나는 갱년기 때문에 힘들어하는 여성들을 볼 때마다 정신이 번쩍 들었다.
나도 사람들 앞에서 저렇게 나약한 모습을 보이는 건 아닌지, 반성하는 시간이었다.
그래서 더욱 나는 내 몸을 바삐 움직이는지도 모른다.
우울의 늪으로 깊이 빠져 들어가지 않기 위해.
시간이 날 때마다 찾아오는 절망과 아픔이라는 놈에게 절대 지고 싶지 않아서다.

중년의 몸,
점검이 필요해!

우울증의 반대말은
즐거움이 아닌 생동감

나이에 따라 대화의 주제가 바뀌는 건 어쩔 수 없다. 아이들이 어렸을 때는 어딜 가든 육아나 교육에 대한 이야기가 주를 이루었다. 그렇지 않으면 남편이나 시댁 이야기였다. 나는 비교적 일찍 결혼하여 아들 둘을 연년생으로 낳아 친구들보다 육아를 먼저 끝냈고, 나중엔 큰아들을 일찍 결혼시킨 터라 모임에 나가면 솔직히 할 말이 없었다. 나로서는 이미 다 겪은, 지나간 이야기들을 놓고 친구들과 흥미진진한 공감대를 이룰 수 없었기 때문이다.

그런데 나이가 들어 가면서 상황이 달라졌다. 딱히 친구가 아닌 그 누구와도 이야기가 통했다. 무엇보다 건강에 대한 부분에서는 더욱 그랬다. 오십 대에 들어서면 신체의 변화를 거의 비슷하게 겪는 것 같다.

갱년기에 겪는 보편적이면서도 가장 무서운 증상은 우울증이 아닌가 싶다. 우울증은 마음의 감기라고 하지만, 방치하면 극한 상황에까지 이를 수 있다. 나 역시 갱년기 초기 증상으로 극심한 우울증을 앓았다. 이런 나의 경험을 알고 어느 날 후배가 연락을 해왔다.

후배는 산후우울증으로 힘들어하다 산행을 하면서 간신히 평정을 찾았다. 산후우울증을 앓고 있을 때 젖 달라고 우는 아이의 목을 졸라 사고를 낼 뻔한 적도 있어 늘 불안했다고 한다. 한동안 서로 사는 게 바빠 이따금씩 만나다가 그날은 느닷없이 전화를 해온 것이다. 그녀를 만나러 나가면서도 무슨 일이 있나 싶어 내심 걱정이 되었다. 전화선 너머의 목소리가 왠지 심상치 않았기 때문이다.

조용한 레스토랑으로 그녀를 데려간 나는 따뜻한 물부터 권했다. 눈도 풀린 것 같고, 한세상 다 산 여자처럼 신산스러운 모습에 나까지 심란해졌다.

"선배도 나처럼 갱년기 우울증을 앓았다고 해서 만나러 왔어요. 이해해 줄 것 같아서……."

이렇게 말문을 연 그녀는 연극 대사를 외듯 자기 이야기를 풀어나가기 시작했다.

"제가 24층에 살잖아요. 베란다 문만 열면 뛰어내리고 싶은 충동을 느껴요. 딱 일 분만 눈감으면 영원히 편하겠지. 고통스러운 삶을 끝내고 싶어. 저세상은 적어도 여기만큼 무료하지는 않을 거야. 뛰어내려, 얼른, 아무것도 아니야, 지금 고통에 비하면."

누군가 후배의 귓가에 자꾸만 이 말을 외친다고 했다. 그날도 미칠 것만 같아 아파트 밖으로 나왔는데 막상 갈 곳이 없어 나를 찾아왔단다. 그녀의 우울증을 더욱 가속화시킨 것은 주위의 무관심이었다. 후배의 남편은 이미 그녀를 포기한 상태라고 한다. 산후우울증을 앓을 때 진을 다 뺐기 때문에 더는 관심조차 없다고 말하며 후배는 눈물을 흘렸다. 갱년기 우울증 증세 중의 하나가 눈물이 많다는 것이다.

"선배가 늘 웃고 있는 모습이 부러워요. 어떻게 하면 선배처럼 웃으며 살 수 있는지…… 알고 싶어요."

나는 솔직히 부담스러웠다. 죽고 싶을 만큼 힘든 사람이 내 앞에서 SOS 신호를 보내는데, 해줄 게 하나도 없다는 사실이 너무나 안타까웠다.

"힘든 시간에 날 찾아줘서 고마워. 그런데 나도 죽고 싶을 만큼 힘들 때가 많았어. 남 앞에서는 의연한 척, 행복한 척 웃고 있었지만. 특히 갱년기가 오면서 더욱 그랬어. 물 한 모금 못 넘기고 사흘 동안 죽고 싶다는 생각만 하면서 누워 있었던 적도 있어. 지금 네 기분 충분히 이해해."

나는 후배에게 최근에 내가 겪은 이야기를 자세하게 들려주었다. 그러자 이해받고 있다는 느낌이 들었는지 후배의 얼굴이 조금 편안해졌다.

후배와 나는 배가 고플 때까지 이야기를 나눈 뒤 매운 닭발 맛집을 찾아가 눈물을 질금거리며 먹었다.

"외롭고 힘들 때 언제든 찾아와. 매운 것 먹으면 기분이 좀 나아지 잖아. 전문가가 그러는데 우울증의 반대말은 즐거움이 아니라 생동 감이라고 하더라. 맞는 말인 것 같아. 오늘처럼 힘들 때 친구나 의사 를 만나 자기 안의 이야기를 자꾸만 끄집어내야 해. 가둬 두면 더 힘 들어."

나는 우울증의 반대말이 생동감이라는 전문가의 말이 참 좋았다. 후배가 그 말에 공감해 주는 것 같아 다행이었다.

누군가 실연을 당했거나 우울증으로 힘들어하는 친구가 찾아오 면 매운 음식을 사주라고 했는데 확실히 효과가 있었다. 매운 닭발 을 먹으며 간간이 소리 내어 웃기조차 하는 걸 보니 적잖이 위로를 받은 것 같았다.

"전문가 상담도 받아 봐. 약물 치료를 병행하면 덜 힘들 거야."

나는 그녀의 증세가 심각한 것 같아 치료 받기를 권했다. 나도 중 세가 더 심해지면 치료 받을 준비를 하고 있었기 때문이다. 죽고 싶 을 만큼 밑바닥까지 내려가보지 않은 사람은 힘들다고 하소연하는 사람을 보고 배부른 소리라고 할 테지만, 그게 아니다. 진짜 힘들어 서, 견딜 수 없어서 절규하는 목소리에 관심을 가져야 한다. 가족이 라면 특히 그렇다.

그녀 말고도 내 주위에는 갱년기 우울증으로 힘들어하는 사람이 꽤 많다. 거의 폐인이 되어 가는 사람도 있다.

"내가 사는 게 힘들고 권태로우니 가족이 밥을 먹든지 말든지 아 무 상관이 없다. 그냥 어서 죽고 싶을 뿐……."

이 말을 달고 사는 친구도 있다. 반면교사라 했던가. 나는 갱년기 때문에 힘들어하는 여성들을 볼 때마다 정신이 번쩍 들곤 한다. 나도 사람들 앞에서 저렇게 나약한 모습을 보이는 건 아닌지, 반성하게 된다. 그래서 나는 내 몸을 더욱 바삐 움직이는지도 모른다. 우울의 늪으로 깊이 빠져 들어가지 않기 위해. 시간이 날 때마나 찾아오는 절망과 아픔이라는 놈에게 절대 지고 싶지 않아서다.

갱년기 우울증이라는 건 정도의 차이는 있지만 누구나 건너야 할 강이다. 그렇다면 두 발 걷어붙이고 씩씩하게 건너보자.

"나 지금 힘들어요. 내게 도움을 주세요."

솔직하게 감정을 표현하면서 말이다. 펄펄 뛰는 물고기처럼은 아닐지라도 생동감을 찾기 위해 길을 나서보자.

살, 살, 살과의 전쟁
비만, 고혈압, 고지혈증

지금 대한민국은 살과의 전쟁 중이다. 방송, 신문, 인터넷에 불고 있는 다이어트 열풍을 보면 알 수 있다. 저녁에 낙산공원에 올라가 보면 운동하러 나온 사람들로 발 디딜 틈이 없다.

이상한 건 나를 비롯해 많은 사람들이 그토록 열심히 걷고 운동을 하는데도 살이 빠졌다는 사람은 별로 없다는 점이다. 걷고 있거나 운동기구 위에서 땀을 뻘뻘 흘리는 사람들을 자세히 살펴보면 배불뚝이도 많고 비만일 정도로 살찐 사람도 많다. 물론 운동을 안 했다면 더욱 뚱뚱했을 것이다.

전문가들 말에 의하면 운동만으로는 절대로 살을 뺄 수 없다고 한다. 식이요법을 병행하지 않고는 1킬로그램도 뺄 수 없다는 말에 공감한다.

나는 다이어트를 평생 해온 셈인데 물만 먹어도 살이 찐다는 말이 핑계가 아니다. 일주일 동안 세끼 다 먹고 운동을 안 하면 바로 2킬로그램이 늘게 된다. 원고를 쓰느라 늘 앉아 있게 되어 직업병이기도 하겠지만, 한 번도 말랐던 적이 없는 걸 보면 체질인 듯싶다.

식이요법에 운동까지 겸해서 10킬로그램을 뺀 적이 있다. 고기라고는 닭 가슴살을 눈곱만큼만 먹고 현미밥에 채소 위주의 식단으로 한 달을 강행했다. 그것도 여섯 시 이후에는 물 한 모금밖에 먹지 않았다. 내 몸속으로 들어가는 음식이 없으니 살은 빠졌다. 문제는 힘이 없어 아무 일도 할 수 없다는 거다. 눈앞에 먹을 것만 아른거리고, 굶었다는 생각에 뭐든 보기만 하면 걸신들린 듯 먹는 내 모습을 보게 되었다.

게다가 보식을 거쳐 다시 음식을 먹게 되면서 찾아온 요요 현상은 무서웠다. 한 달 고생해서 10킬로그램을 뺐는데 단 열흘 만에 저울 눈금이 살 빼기 전으로 돌아갔다. 조금만 방심하면 저울 눈금이 눈에 띄게 올라가는 것을 보며 공포감마저 들었다.

갱년기로 접어들면서 증상은 더 심해졌다. 예전에는 저녁 굶는 것이 쉬웠지만 지금은 한 끼만 굶어도 지구가 흔들리는 것처럼 어지럽다. 반드시 식사를 해야만 생활이 유지된다. 운동으로 매일 한 시간 이상 걸어도 내 몸의 살은 꿈쩍을 않는다. 엎친 데 덮친 격으로 정기검진에서 고지혈증이라는 결과가 나왔다. 약을 먹을 정도는 아니지만 붉은 신호가 켜진 것이다.

나만 이렇게 살 때문에 곤욕을 치르나 싶어 주위를 둘러보니, 꽤 많은 중년들이 비만과의 전쟁을 치르는 중이었다. 겉으로 보기엔 마른 체형인데도 복부 비만이나 고지혈증이 있는 사람이 많았다.

다양한 질병과 잘 싸워서 이기는 방법을 터득하는 것이 요즘 중년의 일인 듯싶다. 만병의 근원이 스트레스라고 하는데, 살찌는 것에 대해 신경 쓰다 보니 은근히 스트레스를 받는지 더 힘들었다.

할 수 없이 비만 클리닉을 방문했다. 인위적으로라도 살을 빼야 할 것 같아서였다. 그런데 웬걸, 그 비용이 상상외로 엄청났다. 어떤 프로그램은 백만 원이 넘는 것도 있었다. 나는 의사 선생님의 말을 가만히 듣고 있다가 다음에 오겠다며 도망치듯 빠져나왔다.

'살을 빼도 요요는 또 올 테고. 지금부터 다시 운동도 하고 식이요법도 들어가자'고 마음을 고쳐 먹었다.

나는 오늘도 낙산을 오르고, 학교 운동장을 돈다. 살과의 전쟁에서 승리하기 위해.

왠지 부끄러워요!

자궁암

얼마 전에 우리 집 보물인 첫 손자의 돌을 지냈다. 아이가 태어나던 날만큼이나 설레었다. 나는 첫 손자의 첫 생일에 세상에서 가장 맛있는 떡을 해주고 싶었다. 다른 것은 며느리가 준비한다고 해서 맡기고 돌떡은 내가 맞추기로 했다.

서울 시내에서 떡을 가장 맛있게 한다고 소문난 집에 찾아갔다. 나는 평소에도 특별한 선물을 해야 할 일이 생기면 이 집에 가서 떡을 맞추곤 한다. 옛날에 할머니가 해주셨던 것처럼 손맛이 가득 담긴 떡이라 한번 접하면 단골이 될 수밖에 없는 집이다. 지난 십 년간 한 번도 실망한 적 없었던 떡집 아줌마의 손맛을 믿고 찾아간 것이다.

그런데 떡집에 들어선 순간 왠지 분위기가 썰렁했다. 아줌마의 몸

피가 줄어든 것은 물론 낯빛이 중환자실에서 나온 사람처럼 창백했다. 뭐라 묻기가 그래서 곧바로 돌떡은 무엇을 해야 하는지 물었다.

"아무거나 하세요. 남들 하는 대로 무지개떡하고 백설기 하면 되죠, 뭐……."

아줌마가 너무도 성의 없이 대답했다. 나는 기분이 조금 언짢아 한마디 하고 말았다.

"아줌마, 왜 그래요? 나한테 뭐 기분 나쁜 일 있어요?"

그제야 아줌마는 내 눈치를 보며 모기만 한 소리로 말했다.

"내가 실은 일주일 전에 병원에서 퇴원했어요. 수술했거든요."

나는 깜짝 놀라서 미안한 마음으로 물었다.

"어디가 안 좋으세요?"

그러자 아줌마는 방앗간에 있는 사람들 눈치를 슬슬 보면서 내게 다가와 귓속말로 속삭였다.

"자궁경부암이에요. 창피해서 말 안 하려 했는데……."

"아줌마, 고생 많이 했겠네요. 근데 뭐가 창피해요?"

"왜 있잖아요. 자궁암 걸렸다고 하면 사람들이 수군대는 거. 그런 말 듣기 싫어서 수술했다는 말 절대 안 하는데, 단골이라……."

기분이 묘하긴 했다. 새싹인 첫 손자의 돌떡을 맞추러 왔는데 주인아줌마가 아파서 수술했다는 말을 들었으니. 그래도 아줌마의 일품 솜씨를 믿고 떡을 맞춘 뒤 집으로 돌아왔다.

생각해 보니 여자가 자궁암에 걸렸다고 하면 다른 암과는 달리 색

안경을 끼고 보는 경향이 있었던 것 같다. "남편이 바람피우고 다니더니 결국 마누라가 병들고 말았네"라든가 "여자가 자기 몸을 함부로 굴리고 다녔는가 봐. 그 병은 나쁜 병균이 몸속에 들어온 탓에 생긴다는데 말이야"라는 식으로 말이다. 아마 떡집 아줌마도 그런 말을 의식했던 것 같다.

자기 몸 아픈 것도 고통스러울 텐데 남의 눈치까지 봐야 하다니. 자궁경부암에 대한 의학적인 견해를 떠나, 몸이 아픈 건 아픈 거다. 환자 당사자가 절대 창피해 하거나 부끄러워할 일은 아니라고 본다. 누구나 병에 걸릴 수 있고, 자궁암 또한 그런 것일 뿐이다. 병에 걸린 것도 힘겹고 슬픈 일인데, 편견의 눈으로 바라보는 사람들까지 의식할 필요는 없다고 본다.

나도 치매일까?

"있잖아. 왜 거기······."

"거기, 어디?"

"오래된 유물도 보관하고, 세계 명작 전시회도 하는······ 용산에 있는 거."

"아, 알겠다. 거기가 어디지? 들어가는 입구 오른쪽에 거울연못도 있는데······."

"아, 맞다. 용산 국립박물관이잖아."

얼마 전 친구들과 나눈 대화의 일부이다. 매일 모여서 수다만 떨지 말고 의미 있는 전시회라든가 연극이라도 한 편 보자는 이야기 끝에 나온 말이다. 머릿속에는 용산 국립박물관이 생생한데 말이 되어 나오지를 않아 곤혹스러웠던 순간이다. 친구들도 내 말 속의 그곳을 알면서도 쉽게 대답을 못 했다. 이런 증상은 시도 때도 없이 나타난다. 오죽하면 택시에 탄 중년 여자가 "전설의 고향 가주세요"라고 했는데 택시 기사가 '예술의 전당'에 내려주며 "전설의 고향에 다 왔습니다"라고 했다는 우스갯소리가 있겠는가.

최근 들어 사람 이름이 잘 떠오르지 않을 때가 많다. 얼굴은 눈앞에 아른거리는데 이름은 입속에서 뱅뱅 돌거나 완전히 백지 상태다.

나는 남산도서관의 문학교실에 나가 일주일에 한 번씩 중고등학생들을 가르치고 있다. 서울 시내의 학교에서 문학에 관심 있는 학생들 중 학교장 추천으로 오는 학생들인데 눈이 초롱초롱 빛난다. 그 눈빛에 이끌려 나 또한 문학소녀가 되어 열강을 하게 된다. 그런데 문제는 아이들의 이름이 외워지지 않는 것이다. 비록 일주일에 한 번 만나는 문학 선생님이지만, 자신의 이름을 불러주면 얼마나 기분이 좋겠는가. 그 마음을 알기에 출석부를 보고 이름을 외우려 애써보지만 돌아서면 까먹는다.

"선생님이 너희들 이름을 외우고 싶은데 이 머릿속으로 들어오질 않는다. 그러니 너희가 이해해 줘."

이렇게 터놓고 양해를 구하긴 하지만 씁쓸한 건 어쩔 수 없다. 혹 치매 초기 증상인가? 은근히 걱정이 되어 인터넷이나 전문가가 쓴 책을 뒤져보기도 했다.

치매는 정신이 나갔다는 뜻이다. 즉 인지 기능이 저하되는 현상을 말한다. 기억력이나 집중력, 언어 능력이 떨어지면서 나처럼 사람이나 사물의 이름이 생각나지 않아 머뭇거리기도 한다는 내용을 보고는 더욱 긴장되었다.

지난해에 친정어머니를 치매 전문병원에 모시고 가서 치매 선별 검사인 MMSE를 하게 되었다. 검사 결과 어머니는 비교적 건강하신 편이었다. 나도 걱정이 되어 검사를 받았다. 다행히 나이 들어 가면서 오는 자연스러운 현상이니 너무 걱정하지 말라는 의사의 말을 듣고 안심이 되는 한편 헛웃음이 나왔다.

주위에 알츠하이머나 노인성 치매를 앓고 있는 어르신들을 보면 정말 무섭다. 자신이 대변을 보는 줄도 모르고 바지에 볼일을 보는 것을 보면, 인생무상을 넘어 두렵기조차 하다. 누군들 치매에 걸리고 싶어 그 지경이 된 것은 아닐 테니까.

지인 중에 치매요양원에 절친한 친구가 입원해 있는 사람이 있다. 올해 쉰네 살인데 노인성 치매에 걸린 것이다. 치매로 판정난 지 얼마 되지 않았는데 급격하게 증상이 나타났다고 한다. 가족의 얼굴도 알아보지 못할 뿐만 아니라 성격마저 난폭하게 변해서 어쩔 수 없이 입원시켰다고 한다.

나의 지인은 친구를 만나러 요양원에 다녀올 때마다 괴로워했다.

"사람이 어쩌면 그렇게 변할 수 있어요. 입원한 지 한 달도 안 됐는데 완전히 할머니가 다 된 거예요. 나를 알아보겠느냐고 백번을 물어도 눈만 멀뚱히 뜨고 있는 걸 보니 억장이 무너지더라고요."

왜 아닐까. 치매 환자가 생기면 집안이 쑥대밭이 되는 것을 많이 보았다. 온 집안에 드리운 검은 그늘을 볼 때마다 치매에 걸리지 말고 잘 살다 죽음을 맞아야 하는데 싶은 마음이 굴뚝같다.

며칠 전부터는 '치매 예방법'을 인터넷에서 찾아 책상에 붙여놓고 기회가 있을 때마다 읽곤 한다.

1. 규칙적인 생활하기

이 규정만큼은 잘 지키고 있는 편이다. 나는 아침에 시어머니 밥상을 차려야 해서 몸이 아파도 늘 같은 시간에 일어나 몸을 움직인다. 그런 다음 집 앞에 있는 나만의 작업실로 출근하여 글을 쓰다 저녁 일곱 시에 집으로 돌아온다. 집에서 작업을 해도 되지만, 규칙적인 생활을 위해 일부러 고수하고 있는 일이다. 그런데 이런 생활이 치매 예방에 도움이 된다니 정말 다행이다.

2. 치매의 악화를 지연시키는 비타민B, 비타민E 섭취하기

그동안은 대충 눈에 띄면 먹고 아니면 건너뛰기 일쑤였는데 꼼꼼히 챙겨 먹어야겠다. 특히 밖에서 작업하는 시간이 많아 제대로 음식을 먹지 못하니 건강보조식품이라도 챙겨야겠다는 생각이 든다. 건강할 때 내 몸 챙기기.

3. 운동으로 뇌에 충분한 영양과 산소를 공급하기

나름 열심히 걷는 운동을 한다고는 했지만, 덥거나 추우면 게으름을 피웠던 게 사실이다. 밖에 나가 걷지 못하는 날은 집에서 자전거라도 타는 습관을 길러야겠다. 운동하고 나서 찬물로 샤워할 때의 그 기쁨을 매일 누릴 수 있도록.

4. 치매를 부르는 가장 큰 원인, 술 멀리하기

운동 후나 저녁 먹기 싫을 때 시원한 캔 맥주를 밥 대신 마시던 습관을 고쳐야겠다. 종일 앉아서 작업을 하다 보니 세끼 밥 먹는 게 고역일 때가 있다. 그럴 때면 손쉽게 요기를 해결하는 방법이 맥주 한 캔이다. 중독이었다. 그냥 넘어가면 뭔가 헛헛했다. 그 결과 비만은 물론 두려움이 생겼다. 비록 한 캔이지만 끊을 수 없는 지경이 되면 큰일이다 싶다. 더군다나 치매의 원인도 된다니 끔찍하다. 지금은 독하게 마음먹고 냉장고에 절대 캔 맥주를 넣어 두지 않는다.

5. 긍정적인 사고를 가지고 여유로운 생활 하기

늦은 나이에 등단했다는 생각 때문에 빨리, 많이 써야 한다는 초조함을 버려야겠다. 천천히 오래도록 써 나가는 것이 더 중요하니까. 모든 사물을 여유롭게 바라볼 줄 아는 여유를 갖도록 노력해야겠다. 그동안 스스로를 옭아맸던 성취욕 내지는 명예욕을 내 안에서 덜어내는 작업이 필요하다.

사소한 것 같지만, 실천하기는 어려운 치매 예방법을 오늘부터라도 성실하게 행해야겠다. 결심을 하고 나니, 조금은 마음이 가벼워지는 느낌이다. 치매에 걸리면 명예가 다 무슨 소용이란 말인가. 나의 사랑하는 가족에게 짐을 지우지 않기 위해서라도.

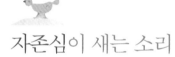

자존심이 새는 소리
요실금

언제부턴가 밤에 자주 눈을 뜨게 되었다. 참을 수 없는 배뇨 현상 때문이다. 처음에는 밤에 물을 많이 마신 탓이려니 했다. 웬걸, 다음 날도 그다음 날도 증상은 여전했다. 그래서 저녁 여덟 시 이후에는 물을 마시지 않았는데도 조금도 나아지지 않았다. 불면증이 있어 간신히 잠들었는데 두 시간마다 깨야 하니 고통스러웠다.

뿐만 아니라, 재채기를 하다 보면 밑이 축축해지는 걸 느꼈다. 어린 시절 꿈속에서 오줌을 지릴 때처럼 기분이 나빴다. 강의를 하거나 인터뷰 등을 하느라 긴장하면, 급작스럽게 화장실에 가고 싶어졌다. 눈치를 보며 고양이처럼 살금살금 화장실을 들락거려야만 했고 그럴수록 배뇨는 시원스럽게 이루어지지 않았다.

몹시 우울했다. 나이가 들면 이 모든 수치와 고통을 감내해야만 하는 건가. 소변 보는 일마저도 스스로 조절할 수 없을 만큼 막바지에 온 것일까. 절망스러우면서도 한편으로는 이해가 되었다. 그동안 이 몸을 도구로 얼마나 많이 써 왔는가.

두 아들을 이 땅에 내보낸 일만 해도 엄청난데 부부 생활을 오래 해온 상태이니 내 몸이 낡아 나사가 빠진 것도 당연한 일 아닌가. 인정할 건 인정해야 한다. 물 흐르듯 내 몸의 변화를 받아들이자는 생각이 들었다.

그렇다 해도 밤잠을 설치는 것은 괴로웠다. 죽기 전에 다시는 가고 싶지 않았던 산부인과를 또 찾았다(나이 먹으면 산부인과를 찾아야 할 일이 이토록 많을 줄 정말 몰랐다).

"요실금 초기 증상이니 너무 염려 마시고요. 약을 드릴 테니 복용해 보세요. 그리고 케겔 운동을 지금부터라도 열심히 하세요."

젊은 의사가 종이 한 장을 건네며 무심한 얼굴로 말했다. 나는 심각한데 의사가 보기에 내 증상은 별것 아니라는 듯 대했다. 의사가 내민 종이에는 케겔 운동에 대해 자세히 나와 있었다.

케겔 운동은 질 주위 근육을 조이는 것을 말하는데, 가볍게 힘을 주었다가 뺀 뒤에 10초 후 다시 조이기를 스무 번 정도 반복한다. 실은 케겔 운동은 젊어서부터 많이 해온 편인데, 최근 들어 소홀히 했던 것이 화근인 듯했다. 걷기와 케겔 운동을 다시 시작해야겠다. 밤에 몇 번씩 일어나야 하는 일을 피하기 위해서라도 말이다.

알고 보니 주위에 요실금 때문에 수술을 한 친구가 여럿 있었다.

"요실금 치료하러 갔다가 질 성형에 미백까지 했더니 정말 좋아. 수술 시간도 얼마 안 걸리고, 비용도 많이 안 들어. 남편도 이제 넓은 운동장에서 노는 것 같지 않고 좋단다. 호호."

며칠 전에 동창이 했던 말이 귓가에 맴도는 건 왜일까. 시술을 해서 행복함을 느낀다면 그 또한 삶의 질을 높이는 방법이 아닐까 싶다. 자존심 새는 소리에 우울증 걸리는 것보다는 백 배 더 나은 선택이라 믿는다.

건강의 기초
면역력

처음에는 대수롭지 않게 여겼다. 원고 수정에 심사 등으로 며칠 밤샘을 한 피로 때문인 줄 알았다. 며칠 쉬면 거뜬해질 줄 알았는데 그게 아니었다. 뒷골이 당기고 귀는 콕콕 쏘고 누군가 송곳으로 온 몸을 쑤시는 것 같았다. 귀가 약해서 그런 줄 알고 애꿎은 이비인후과 병원만 들락거렸다.

보름을 그렇게 앓다 결국은 참지 못하고 서울대 응급실에 갔다. 원인을 찾아보려 애썼지만 거기서도 금방 병명을 알아내지 못했다. 너무 고통스러웠다. 눈을 뜰 수도 감을 수도 없을 만큼 통증이 심해졌다. 남편이 보다 못해 늘 다니던 주치의에게 나를 데려갔다.

"대상포진이네요. 대부분은 피부에 물집이 생기는 등의 포진이 나타나지만, 그렇지 않은 경우도 있어요. 대상포진 바이러스가 신경줄을 타고 다니며 고통을 주는 거예요."

말로만 듣던 대상포진이라는 것이다. 내 기초 체력이 바닥까지 내려갔다는 의사의 말에 정신이 번쩍 들었다. 다행히 병명을 알 수 있어서 약을 먹으니 통증은 차츰 사라졌다. 하지만 너무 오랫동안 이 병원 저 병원 돌아다니느라 병을 키운 탓에 쉽게 가라앉지 않았다.

이렇듯 나는 대상포진으로 작년에 이어 올해도 고생을 했다. 알고 보니 면역력이 약해지면서 대상포진 바이러스가 진을 친 것이다. 내 몸속에 들어오는 균을 막아 낼 힘이 없었던 것이다. 나는 통증보다 마음이 더 아팠다. 내 몸이 마치 나달나달 닳아버린 헌 신발짝 같았다. 더는 쓸모없는 몸인 것 같아 우울했다. 몸이 아프니 마음도 약해진 탓이다.

일 욕심이 많은 내게 찾아온 대상포진은 경고장이자 예방주사였다. 내 몸이 아프면 아무것도 할 수 없다는 것을 강하게 알려주는 메시지였다. 모든 병은 면역력이 약해진 탓에 걸린다는 것을 체험하면서, 식단에 부쩍 신경을 쓰게 되었다. 면역력 강화를 위한 건강보조식품도 조금씩 챙겨 먹기 시작했다.

그 후로, 면역력을 키우는 방법에 대해 관심을 갖게 되었다. 이 또한 음식이 중요했다. 농약을 치지 않고 키운 농작물이나 버섯, 석류 등을 많이 섭취해야 하고, 잡곡밥이나 현미밥 위주의 식단을 요했다. 검은콩이나 두부 등을 많이 먹어야 한다는 것도 알았다. 암 환자들이 왜 면역력을 키우는 음식을 찾아 다니는지도 대상포진을 앓고 나서 이해하게 되었다. 세 사람 중에 한 명이 암에 걸린다고 하니 방심해선 안 될 일이다.

조기 예방, 조기 검진, 조기 진단.

이 모두가 남의 말이 아니다. 중년이 되면서 가장 신경 쓰이는 것이 돈보다 건강이다. 건강을 잃으면 모든 것을 잃는다는 말은 영원한 진리다.

아파 보니 알겠다. 건강이 얼마나 중요한지, 질병은 '치료'보다는 '예방'이 우선이라는 것을 말이다.

오십에
읽으면 좋을 책 *11*

　요즘 들어 부쩍 눈이 침침해져서 책 읽기가 힘들다. 그럼에도 영혼의 허기를 채우려 책을 읽는다. 내 지식의 창고가 비어 울리는 깡통 소리가 듣기 싫어서다. "하버드 대학 졸업장보다 소중한 것이 독서다"라고 했던 빌 게이츠의 말을 굳이 인용하지 않더라도 독서의 힘이 크다는 것은 누구나 알고 있을 것이다. "책 속에 길이 있다"는 말도 이제는 명언이 아닌 일상어가 되었다.

　A. 프랑스가 "내가 인생에서 알게 된 것은 사람을 접해서가 아니라 책과 접했기 때문이다"라고 말했던 것처럼 내가 힘들 때 진짜 친구가 되어 준 것은 책이었다. 그러니 힘들다고 책 읽기를 포기할 수는 없다.

　그동안 읽고 꽂아 놓은 책들을 볼 때마다 부자가 된 듯 가슴이 뿌듯하다. 여기 내가 갱년기의 강을 건너며 큰 도움을 받은 책들을 소개한다.

🌸 인생
위화

나는 삶이 고단하다고 생각될 때마다 책꽂이에서 이 책을 꺼내 읽는다. 아프고 고단한 삶을 위트와 해학으로 풀어 놓은 저력이 넘치는 책이기 때문이다. 나는 이 책을 읽고 '위화'의 작품을 거의 다 찾아 읽었다. 그만큼 독특하면서도 재치가 넘치는 작가다.

푸구이는 망나니 같은 부잣집 도련님에서 가난한 농부로 전락한다. 그는 국공내전, 대약진 운동, 문화대혁명 등으로 점철된 파란만장한 중국의 현대사 속에서 가족과 재산을 모두 잃고 혼자 남아 인생이라는 수레바퀴를 끌고 나간다. 해방 전후부터 약 40년간의 중국 역사를 가혹하다는 의식조차 없이 묵묵히 살아낸 중국 민초들의 삶을 '생명과 죽음'이라는 가장 근본적인 문제의식에서 기꺼이 인정한 작품으로, 위화를 세계적인 작가의 반열에 올리는 데 결정적인 역할을 했다. 가난과 지난한 삶을 이토록 재밌게 그릴 수 있다니. 읽을 때마다 놀라는 책이 바로 《인생》이다.

🌸 오두막
윌리엄 폴 영

나는 소망한다. 언젠가는 《오두막》처럼 독자를 울리는 책을 쓰는 작가가 되기를 말이다. 이 책은 그 열망으로 열 번도 더 읽은 책이자 내 마음속의 고전 같은 소설이다.

유괴범에게 딸을 잃은 맥은 하늘을 향해 외친다.

"당신은 어디 계십니까? 내가 필요할 때 당신은 왜 내 앞에 나타나지 않는 건가요?"

딸의 시체는 발견되지 않았지만, 경찰은 버려진 한 오두막에서 아이들만 노리는 악명 높은 연쇄살인범에 의해 딸이 잔혹하게 살해된 증거를 찾아낸다. 사 년 후, 거대한 슬픔의 그림자 속에서 살아가던 맥은 하나님으로부터 메시지를 받는다. 그리고 맥은 범죄의 현장을 찾아가 그곳에서 하나님과의 만남을 경험한다.

우리들 가슴속에는 각기 다른 '오두막'이 있다. 그 오두막 속에서 각자의 상처를 보듬으며 산다. 딸을 잃은 슬픔에 잠긴 한 아버지가 하나님의 계시에 이끌려 찾아간 곳은 바로 자신의 딸이 납치되어 살해되었던 오두막이었다. 고통이 시작된 곳이다. 작가는 바로 그 자리에서 소설의 물꼬를 끄집어내고 있었다.

나는 이 책을 읽으며 나만의 아픔이 치유되어 가는 것을 느꼈다. 영혼의 울림을 주는 책은 아픈 상처를 치유해 주는 묘약이다.

❀천 개의 찬란한 태양
할레드 호세이니

나는 어디를 가든 《연을 쫓는 아이》와 《천 개의 찬란한 태양》을 추천한다. 읽을수록 매력이 넘치는 글이기 때문이다.

이 소설은 전란의 소용돌이에 휩싸인 아프가니스탄을 배경으로 한다. 폐허의 땅, 아프가니스탄에 남겨진 두 여인이 가난과 차별 그리고 끊임없는 폭력과 생명의 위협 속에서도 서로에 대한 믿음과 희생으로 희망을 가꿔가는 이야기다.

나는 아프가니스탄에 대해 테러와 납치가 밥 먹듯 일어나는 나라라는 인식밖에 없었다. 할레드 호세이니는 이 소설을 통해 아프가니스탄에도 인권을 보호받아야 할 사람이 살고 있으며, 이들에게 많은 관심을 가져 달라고 호소한다. 버릴 수도 떠날 수도 없는 불모의 땅에서 그래도 오늘보다 나은 내일을 꿈꾸며 살고 있는 그들의 모습이 눈물겹다. 그래서 더욱 울림을 주는 글이다.

❀개를 훔치는 완벽한 방법
바바라 오코너

내가 청소년 소설에 관심을 갖게 되면서 처음으로 만난 책이다. 동화처럼 따뜻한 소설이라 더욱 흥미로워 잠시도 눈을 뗄 수 없었다. 두 번, 세 번 읽을 때마다 새로운 감동으로 다가오는 소설이다.

이 책은 한마디로 아빠는 도망가고, 집은 사라지고, 한순간에 길거리로 나앉게 된 주인공 소녀와 엄마, 동생의 천방지축 고군분투기다. '가난과 망가진 가족' 혹은 '외롭고 소외된 청춘'을 시종일관 위트와 해학으로 풀어내는 것이 놀라울 정도다. 가족의 붕괴를 통해 그 속에 숨어 있는 가족애를 보여주는 반어적인 표현이 인상적이다.

이 책을 읽고 나면, 우리 가족이 얼마나 소중한지 새삼 깨닫게 된다.

❀나는 걷는다 1, 2, 3
베르나르 올리비에

나는 시간이 날 때마다 걷는 걸 즐긴다. 그런 나에게 이 책은 선물처럼 다가왔다. 꽤 두꺼운 분량의 세 권으로 된 책이지만 지루한 줄 모르고 읽게 된다.

터키 이스탄불에서 중국 시안까지 1,099일간 그가 남긴 여행의 기록에는 순례자의 경건한 침묵과, 삼십여 년간 숨 가쁘게 뛰어왔던 퇴직 기자의 여유로운 사유 그리고 독학으로 공부했던 사람들에게서 자주 볼 수 있는 열렬한 독서광으로서의 지식이 그득 묻어난다.

실크로드 무역을 증언하는 플리니우스를 떠올리는가 하면, 알렉산드로스 대왕, 칭기즈칸, 진시황, 한 무제 등 실크로드의 역사를 수놓은 여러 제왕들의 이야기를 풀어놓는다. 베네치아와 이즈미르를 오가는 터키의 대형 페리호에서 시작된 여정은 불타는 카라쿰 사막, 실크로드 마지막 구간인 눈 덮인 파미르와 아직까지도 천일야화 시대와 같은 생활상을 볼 수 있는 도시 카스를 거치면서 대단원의 막을 내린다.

그의 고백처럼, 이 책을 읽는 내내 불필요한 지방은 모두 날아가고 천연의 마약인 엔도르핀이 몽글몽글 분비되는 것을 느낄 수 있다. 저 넓은 대륙으로, 그들이 품어 온 유수한 인물들의 역사로 시야가 확 넓어지는 책이다. 이 책을 읽고 나면, 세계를 한 바퀴 돈 듯 행복하다.

❀ 샬롯의 거미줄
엘윈 브룩스 화이트 글 | 가스 윌리엄즈 그림

동화책 한 권 속에 어쩌면 이토록 깊은 의미를 담을 수 있는 것인지, 나는 감탄하는 마음으로 이 책을 펼칠 때가 많다.

꼬마 돼지 윌버는 작게 태어났다는 이유로 죽임을 당할 뻔한다. 윌버는 불공평하다며 항의하는 여자아이 덕분에 목숨을 건지고 샬롯이라는 거미의 도움으로 새 삶을 살게 된다. '대단한 돼지', '근사한 돼지', '눈부신 돼지' 그리고 마침내 '겸허한 돼지'로 전개되는 이야기는 숨을 못 쉴 정도로 재미있다. 샬롯과 윌버가 서로를 도우며 우정의 탑을 쌓아 가는 과정이 가슴 뭉클한 동화다.

마음이 울적할 때, 친구가 그리울 때 읽으면 좋은 책이다. 특히 손자와 함께 읽으면 더없이 좋은 책이다. 멋진 할머니라며 후한 점수를 얻을 수 있을 만큼.

🌸행복한 그림자의 춤
앨리스 먼로

나는 나이 지긋한 작가의 글을 즐겨 찾아 읽는 편이다. 희망이 보이기 때문이다. 내게도 아직 좋은 글을 쓸 시간이 남아 있다는 위안을 얻기도 한다. 2013년 노벨문학상을 받은 작가 앨리스 먼로 역시 꽤나 나이가 많은 작가로 섬세하면서도 긴장감을 잃지 않는 소설을 쓰고 있다. 이 책에는 음미할 만한 단편이 여러 편 수록되어 있다.

앨리스 먼로는 평생 단편 창작에 몰두하여 하나의 단편에 장편만큼 인생의 모든 것을 담아 긴 서사와 삶의 복잡한 무늬들을 섬세한 필체로 그려내고 있다. 캐나다 온타리오 지방의 자연을 배경으로 펼쳐지는 평범한 삶의 이야기는 많은 것을 생각하게 한다. 특히 나이 들어 문학마당에 들어온 작가 지망생들에게 권하고 싶은 책이다.

🌸D에게 보낸 편지: 어느 사랑의 역사
앙드레 고르

누구나 책 한 권 분량으로는 모자랄 만큼 많은 사연을 안고 살아간다. 부부의 이야기도 마찬가지다. 이 책은 앙드레 고르가 아내 도린에게 바친 아름다운 연서다. 아내는 거미막염이라는 불치병과 암으로 삼십 년 가까이 투병해 왔다. 아내의 죽음이 가까워오면서 남편은 그들의 사랑 이야기에 의미를 부여하고 싶은 마음으로 이 글을 시작했다. 함께한 세월을 돌아보면서 눈물도 흘리고 미소도 지으면서 아내에 대한 사랑을 더욱 느끼는 남편의 마음이 고스란히 들어 있는 책이다.

철학자인 남편이 여든두 살의 아내에게 바친 음미할수록 눈물겨운 사랑의 편지다. 나도 이런 편지를 받고 싶다는 마음이 들 정도로.

나는 죽을 때까지 재미있게 살고 싶다
이근후

최근 들어 가장 인상 깊게 읽은 책을 말하라면 서슴없이 꼽고 싶은 책이다. 노년을 '어떻게 살 것인가'를 고민하는 사람들에게 나침반이 될 만한 책이다. 읽다 보면 나도 저자처럼 죽는 순간까지 재미있게 살고 싶다는 생각이 절로 들게 만들어 준다.

왼쪽 눈의 시력을 완전히 잃고 일곱 가지 병과 함께 살아가면서도 일흔이 넘은 나이에 최고령이자 수석으로 사이버 대학을 졸업하고, 삼 대로 이루어진 열세 명의 대가족이 한 집에서 살아가는 모습 또한 존경스럽다.

저자인 이근후 이화여대 명예교수가 전하는 메시지는 매우 강렬하다. 일흔이 넘은 나이에 어쩌면 그리도 건강하게 살아가고 있는지, 존경과 함께 닮고 싶다는 생각이 들 정도로.

월든
헨리 데이비드 소로

나는 가까운 미래에 자연에 들어가 살고 싶다. 오랜 꿈이다. 그때 내 서가에 꽂고 싶은 일 순위의 책이 바로 《월든》이다. 그럴 만큼 동서양을 막론하고 인간과 자연의 조화를 아름답게 그려낸 19세기 미국의 위대한 저술가이자 사상가인 헨리 데이비드 소로의 대표작이다.

소로는 하버드 대학을 졸업했으나 안정된 직업을 갖지 않고 측량 일이나 목수 일 같은 정직한 육체노동으로 생계를 유지했다. 참으로 신선하다. 월든 호숫가의 숲 속에 들어가 통나무집을 짓고 밭을 일구면서 소박한 자급자족 생활을 이 년간에 걸쳐 시도하며 쓴 글이라 책갈피마다 흙냄새가 난다. 대자연의 예찬은 물론 기계화되어 가는 문명 사회에 대한 예리한 지적이 돋보인다.

✿진심은 길을 잃지 않는다
이재만

중년은 누구나 외롭다. 아니 인간 자체가 외로움 덩어리다. 나 역시 외롭다고 느낄 때가 있다. 가끔은 허심탄회하게 이야기를 나눌 친구가 많지 않다는 생각이 든다. 나의 인적 네트워크가 너무 가난하게 느껴지는 순간이다. 이렇게 마음앓이를 하고 있을 때 이 책을 만났다. 어떤 관계든 '진심'은 통한다. 이 말의 뜻을 모르는 것은 아니지만 진실로 실행하며 살지는 못했던 것 같다.

이 책을 읽는 내내 고개가 끄덕여졌다. 꼭지마다 공감의 글들이 비밀 창고처럼 들어 있기 때문이다. 수많은 방송에서 법에 대해 쉽게 설명해 주는 것으로 유명한 이재만 변호사가 들려주는 '진심의 서'는 매 장마다 공감의 글로 가득하다. 그래서 지금까지 진심을 다하지 못한 내 자신을 통렬히 반성하게 된 책이다.

지금부터라도 나는 누구를 만나든 '진심'을 다할 생각이다. 늦게나마 '진심'의 깊은 뜻을 만나게 해준 이 책이 더없이 소중하다.

오십에
보면 좋을 영화 *11*

영화가 주는 힘은 생각보다 크다. 가보지 못한 나라를 영상으로 보며 그 안에서 살고 있는 사람들의 모든 것을 볼 수 있다는 건 굉장한 특혜다. 기분이 꿀꿀하거나 미래에 대한 불안감이 내 가슴을 적실 때면 나는 극장을 찾는다. 그곳에 가면 어머니 품처럼 마음이 평안해지고 호수 위의 물비늘을 만났을 때처럼 여유로워진다.

좋은 영화 한 편을 보고 나오면, 답답하던 가슴이 뻥 뚫리며 도서관에서 열심히 공부하고 나온 것처럼 뿌듯하다. 그래서 나는 만 원이 주는 행복을 열렬히 사랑하는 사람이다. 그중 깊은 인상을 남긴 영화 몇 편을 기억의 창고에서 꺼내본다.

❀ 마지막 4중주

야론 질버맨 ▎필립 세이무어 호프만, 크리스토퍼 월켄, 캐서린 키너, 마크 이바니어

결성 25주년 기념 공연을 앞둔 세계적인 현악4중주단 '푸가'. 그들 내에서 음악적, 정신적 멘토 역할을 하던 첼리스트 피터가 파킨슨병 초기라는 진단을 받으면서 네 명의 단원들은 충격과 혼란에 빠진다.

스승과 제자, 부부, 옛 연인, 친구 등 개인적으로도 가장 가까운 관계인 네 사람은 이를 계기로 이십오 년간 숨기고 억눌러 온 감정들을 드러내기 시작하고, 삶과 음악에 있어서 최대의 기로에 서게 된다. 그 과정에서 일어나는 서사들이 뭉클하기도 하고 놀랍기도 하다.

영화의 배경은 시종일관 겨울이다. 눈 쌓인 학교 전경과 공원 등 눈꽃이 주는 현란한 아름다움이 운치를 더해 준다. 어찌 보면 네 명의 연주자 모두가 인생의 '겨울'을 살고 있음을 암시하는지도 모른다. 이 영화는 악기와 인생을 절묘하게 묘사한 부분이 압권이다.

'내 곁에는 마지막까지 서로의 인생을 조율하며 연주할 사람이 있는가?' 묻게 되는 시간이기도 했다. 참 멋있게 나이 들어 가는 네 사람의 각기 다른 개성이 돋보이는 영화다.

❀ 아무르

미카엘 하네케 ▎장 루이 트린티냥, 엠마누엘 리바, 이자벨 위페르, 알렉상드르 타로

'아무르(amour)'는 프랑스어로 '사랑'이란 뜻이다. 우아한 노년을 즐기는 은퇴한 음악가 부부 조르주와 안느는 여든이 넘은 나이에도 여전히 부부애를 확인하며 살고 있다. 잔잔한 호수처럼 평화로운 생활을 해나가던 그들에게 느닷없이 폭풍우가 몰려온다. 아내에게 이상이 생긴 것이다. 경동맥 수술을 한 뒤 아내의 오른쪽 팔과 다리가 마비되어 불편을 겪게 된다.

늙은 남편은 입원을 거부하는 아내의 손과 발이 되어 눈물겹게 간호해 준다. 집에서 병든 아내를 수발하며 힘겨워하는 노인의 모습이 보는 내내 불편했다. 점점 의식을 잃어 가는 아내의 기저귀를 갈아 주는 등 지루한 장면이 이어지기도 하지만 하네케 감독은 명성에 걸맞게 마지막 십 분 동안 관객을 전율케 한다.

병든 아내를 극진히 간호하던 남편은 잠든 아내의 얼굴 위에 베개를 덮어 죽인다. 그것이 최선이라고 생각한 것이다.

이 영화를 보고 부부란 무엇인지, 죽음은 또한 무엇인지, 끝까지 나와 동행할 지기는 누구일지에 대한 생각으로, 나는 한동안 멍하니 앉아 있었다.

글로리아

세바스티안 렐리오 | 폴리나 가르시아, 세르지오 헤르난데즈, 디에고 폰테실라

칠레 영화라고 해서 산티아고를 생각하며 선택한 영화다. 혼자 산 지 꽤 오래된 주인공 글로리아는 중년을 넘어 노년으로 가고 있다. 예쁘지는 않지만, 삶의 경륜이 묻어 나는 꽤 매력적인 여성이다. '여자는 영원한 여자다'라는 말을 대변이라도 하듯, 글로리아는 끝없이 성적 매력을 발산하며 산다. 그녀는 밤마다 싱글들이 모이는 클럽에서 춤을 추고 남자와 눈을 맞춘다.

어느 날, 클럽에서 만난 남자와 하룻밤 섹스도 과감하게 하고 소녀처럼 소리 내어 웃기도 하며 새로운 연애를 꿈꾼다. 남자는 다시는 사랑이라는 것이 자신에게 올 줄 몰랐다며 글로리아를 만난다. 하지만 남자는 끊임없이 칭얼대는 전처와 자식들에게 끌려 다니느라 바쁘다. 글로리아는 그런 남자에게 배신감과 함께 실망을 느낀다. 둘은 결국 각기 또 다른 누군가를 찾아 나선다.

나이 들어서도 이성을 향한 욕망을 느끼는 건 어쩔 수 없다지만, 주름진 얼굴에 불나방 같은 욕망의 눈빛으로 이성을 찾아 헤매는 모습에는 그다지 공감이 가지 않았다. 외로움을 섹스로 해결하려는 건 너무 허무한 것 아닐까. 그럼에도 중년의 욕망에 대해 생각하게 되는 영화였다. 한 번쯤은 내 안에 숨은 진짜 욕망은 무엇일까에 대해 생각해 보는 것도 나쁘지 않을 듯싶다.

더 헌트
트마스 빈터베르그 | 매즈 미켈슨, 토마스 보 라센, 수시 울드, 아니카 베데르코프

실로 오랜만에 전율을 느낀 영화 한 편을 만났다. 어린 소녀의 사소한 거짓말이 한 남자의 인생을 송두리째 망가트리는 이야기다. 탄탄한 대본과 극적인 음악, 내용에 걸맞지 않은 아름다운 영상까지 겸비한 영화라 더욱 인상적이다.

'어린아이는 거짓말을 하지 않는다'고 믿는 경우가 많다. 이 영화는 이 말에 대한 고정관념을 과감하게 깨버린다.

여섯 살 여자아이가 마음속으로 한 아저씨를 좋아하게 된다. 그 아저씨는 유치원 선생님이자 아빠의 가장 친한 친구이다. 어느 날 꼬마는 어린이 식으로 사랑을 표현한다. 그런데 아저씨는 꼬마의 마음을 눈치채지 못한다. 아저씨에게 거절(?)당했다고 생각한 꼬마의 마음은 섭섭함으로 가득하다. 여자아이는 당돌하게도 거짓말을 하고 만다.

"아저씨의 거시기는 막대기처럼 커."

누가 들어도 이상한 말이기에, 원장 선생님은 꼬마의 말만 믿고 많은 상상을 한다. 이 말 한마디에 주인공은 오랫동안 한 동네에서 가족처럼 지내오던 사람들로부터 매장당하고 만다. 직장인 유치원은 물론 동네 슈퍼조

차 마음 놓고 다닐 수 없게 된다. 한 여자아이의 사소하면서도 엉뚱한 거짓말이 낳은 결과는 상상을 초월한다. 그래서 더욱 소름 끼치는 영화다. 이 세상은 어쩌면 대상이 무엇이든 사냥을 하고, 사냥을 당하고, 사냥거리를 찾으며 사는 일들로 가득 차 있는지도 모른다고 생각하게 만드는 영화다.

우리가 믿는다는 것은 무엇인가? 우리는 눈에 보이는 것만을, 남이 하는 말을, 그 깊이를 바라보려 하지 않고 현상에만 매달리며 살아가는 것은 아닌지 되돌아보게 만드는 영화다.

❀ 로큰롤 인생
스티븐 워커 | 밥 실먼, 에일린 홀, 밥 샐비니, 프레드 니들

이 영화는 울적할 때 보면 최고다. 우선 지루하지 않다. 신나는 음악이 간간이 들려와 영화 보는 내내 들썩거리게 한다. 여든이 넘은 노인들이 밴드를 구성해서 연주회를 갖기도 하고 형무소 위문 공연을 다니기도 한다.

그들이 연주회를 열기 전까지의 행적을 다큐 형식 영화로 만들었다. 진부할 것 같지만, 전혀 그렇지 않다. 무엇보다 노래를 정말 잘한다. 팔순이 넘은 노인들이 부르는 노래라는 생각이 들지 않을 정도로.

'인생이 별건가. 즐겁게 사는 거지. 웃어야 웃을 일이 생기는 거야.', '조급해하지 말자. 그저 오늘을 즐겁게 사는 게 최고야!' 영화를 보는 내내 절로 마인드 컨트롤이 된다. 그만큼 신나는 영화다. 'I can do it!!'이라고 소리치고 싶을 만큼.

🍀 더 로드

존 힐코트 | 비고 모텐슨, 코디 스밋맥피, 샤를리즈 테론, 가이 피어스,

〈더 로드〉는 소설을 원작으로 한다. 아카데미 작품상, 감독상은 물론 각색상까지 수상했던 영화 〈노인을 위한 나라는 없다〉의 원작자인 코맥 매카시의 또 다른 소설을 영화로 만든 것이다. 원작이 탄탄해서인지 영화가 보여주는 메시지 또한 강하다.

대재앙 속에서도 희망이라는 불씨를 품고 떠나는 여행 〈더 로드〉.

영화는 인류에게 닥친 대재앙 후의 세계를 적나라하게 보여주고 있다. 대재앙이 지나간 세상은 이미 삶을 이어갈 수 있는 터전이 아니다. 산도 나무도 집도 모두 예전의 평화로웠던 모습은 간 곳 없다. 푸른빛은 눈을 씻고 찾아보려야 볼 수가 없고 온통 회색 무덤뿐이다.

재앙이 지나간 뒤 간신히 살아남은 아빠와 아들은 죽음을 무릅쓰고 길을 나선다. 어딘지는 알 수 없지만 무조건 따뜻한 나라가 있을 것이란 기대를 안고. 폐허나 다름없는 길을 걷는 아빠와 아들의 모습은 보는 것만으로도 눈물이 날 것 같다. 언젠가는 나도 저 상황을 마주할 수도 있을 것이란 두려움이 앞선다. 아들과 아빠는 걷다가 간혹 사람을 만나게 되어도 조금도 반갑지 않다. 오히려 두려워 피하고 만다. 두려운 것은 배고픔이나 추위만이 아니라 인육까지도 서슴지 않고 먹어 치우는 사람들에 대한 불신이다. 생지옥이 따로 없다.

다행히 〈더 로드〉는 무거운 주제를 마냥 무겁게만 끌고 가지 않는다. 살아남아서 남쪽 바다로 가는 여정 속에서 보여주는 따뜻한 부성애가 바로 그 점이다. 아빠에게 아들은 신과도 같은 존재다. 아빠는 추위와 두려움 속에서도 아들을 지켜야 하기에 결코 나약해질 수 없다. 길 위에 널브러져 있는 시체를 바라보는 아들을 향해 아빠는 조용히 말한다.

"네가 머릿속에 집어넣은 것들은 거기에 영원히 남는다는 걸 잊지 마."

그리고 아빠는 자신에게 말하듯 또 말을 이어 간다.

"기억하고 싶은 건 잊고, 잊어버리고 싶은 건 기억하지."

두 사람은 한참을 걷는다. 배고픔을 견디며 걷는 길 위에서 많은 어려움을 당하기도 하지만, 아들과 아빠는 둘만의 공간 속에서 많은 대화를 나눈다. 그중 가장 잊을 수 없는 대사는 아빠가 유언처럼 남기는 말이다.

"어떤 경우든 네 가슴속에서 희망이라는 불씨가 꺼져서는 안 된다."

여행자

우니 르콩트 | 김새론, 박도연, 고아성, 설경구

이 영화의 배경은 1975년의 시골에 있는 한 보육원이다.

아홉 살 진희는 "여행 보내준다"는 아빠의 말만 믿고 설레는 마음으로 집을 나선다. 그런데 아빠는 아무런 말도 없이 진희를 보육원에 맡기고 사라진다. 처음에 진희는 아빠가 자신을 버린 것이라고 절대로 믿지 않는다. 그래서 밥도 안 먹고 탈출도 시도해 보지만 소용없는 일이었다. 진희의 슬프면서도 당찬 눈동자가 빛나는 장면들이 이어진다. 아역 배우 김새론의 진정성 넘치는 연기 때문에 보육원이라든가 입양 등의 뻔한 이야기가 전혀 고루하지 않게 느껴졌다.

적응을 못 하던 진희도 아버지로부터 버림받았다는 사실을 인정하면서 조금씩 보육원 생활에 익숙해져 간다. 특히 두 살 위인 숙희 언니와 친해지면서 보육원의 여러 행사에도 자연스럽게 어울리게 되고 죽은 새를 살리는 데 온 힘을 쏟기도 한다. 하지만 단짝인 숙희 언니가 미국으로 입양되어 가자, 진희는 외로움과 절망감에 빠진다.

언젠가는 아빠가 자신을 데리러 올 것을 믿고 입양을 위해 외국인들이 찾아와 인사를 하라고 할 때에도 입 한번 열지 않던 진희도 숙희 언니가 입양 되고부터 마음을 바꾼다. 보육원에서 영원히 사는 것이 비전이 없다는 걸 깨달은 것이다.

마침내 진희도 외국으로 입양을 떠나게 된다. 다른 아이들이 입양 갈 때 보육원에 남아 있는 아이들이 늘 불러주었던 노래인 '작별'과 '고향의 봄' 을 들으며 진희는 검은 승용차에 오른다.

"오랫동안 사귀었던 정든 내 친구야 작별이란 웬 말인가 가야만 하는가 어디 간들 잊으리오 두터운 우리 정, 다시 만날 그날 위해 노래를 부르세."

이 노래를 부를 때 떠나는 진희도 남은 친구들도 눈물을 흘린다. 감독은 보육원 아이들의 심리와 입양되어 가는 진희의 심리를 이 두 곡의 노래를 통해 모두 전해 주고 있는 듯싶었다. 이 노래들이 이토록 슬픈 노래였는지 처음 알게 해준 영화다.

블랙

산제이 릴라 반살리 | 라니 무케르지, 아미타브 밧찬

오래도록 기억에 남는 영화는 다시 보아도 좋다. 〈블랙〉이 바로 그렇다.

이 영화는 어찌 보면 단순한 내용이다. 눈이 보이지 않는 미셸을 세상으로 인도하는 선생님의 진정한 사랑을 보여주는 서사 구조로 봐서는 말이다. 하지만 이토록 단순하면서도 뻔한 이야기로 감독은 아주 색다른 영화를 만들었다.

미셸은 두 살 때 듣지도 보지도 못하는 심각한 장애를 얻게 된다. 엄마는 무조건 감싸주고, 아빠는 그런 딸을 둔 자신에 대한 자괴감으로 괴로워하며 시설에 보내길 원한다. 그때 사하이 선생이 마술과도 같이 나타나 미셸의 삶을 변화시킨다.

사하이 선생은 미셸이 정신까지 잘못된 건 아니라는 점에 희망을 둔다. 그때부터 사하이 선생은 미셸의 손과 발과 귀가 되어 준다. 서로의 손을 잡고 그 감각으로 사물의 이름을 알려주고, 글자를 깨우쳐 나간다. 그 과정이 결코 녹록지 않지만 사하이 선생은 해나갔다. 어쩌면 자신의 마지막 사명이라는 절박함 때문이었는지도 모른다. 나이 들어 감에 대한 그 어떤 부채감이랄까. 나는 그렇게 보았다.

사하이 선생은 미셸을 일반 대학에 보내려 하고, 우여곡절 끝에 마침내 입학하게 된다. 사하이 선생은 미셸의 통역자가 되길 자원한다. 둘이 한 몸처럼 어디든 동행하는 모습이 아름답다.

아주 오랜 세월이 지난 후 대학 졸업장을 받게 된 미셸은 사하이 선생이 늙고 알츠하이머까지 앓게 되자 병든 선생님의 수족이 되어 준다.

🌸 사랑한 후에 남겨진 것들
도리스 되리 | 엘마 베퍼, 하넬로레 엘스너, 이리즈키 아야, 막시밀리안 브뤼크너

이 영화를 본 지 꽤 시간이 지났는데 지금도 모든 내용이 생생하다. 그만큼 강렬한 영화이기 때문이다.

부인 트루디는 남편이 암 말기라는 사실을 알고 자식들이 살고 있는 베를린으로의 여행을 제안한다. 오랜만에 만난 자녀들은 나이 든 부모를 낯설어하고 심지어는 귀찮아하기도 한다. 그러던 중 뜻하지 않게 아내가 먼저 죽음을 맞는다.

갑작스런 아내의 죽음 앞에 무력감을 느끼던 남편 루디는 아내가 그토록 가고 싶어 했던 도쿄로 여행을 떠난다. 남편은 평소 아내가 가고 싶어 했던 후지 산을 가보고 싶지만 일본어도 모르고 지리도 모르는 처지라 마음뿐이다. 그때 벚꽃 핀 공원에서 부토 춤을 추는 집시 같은 댄서를 만난다. 남

편은 아내가 죽고 나자 비로소 아내의 진정한 소원이 무엇이었는지 깨닫는다. 가슴을 쳐도 소용없는 일…….

부토 춤을 추는 소녀는 길 잃은 남편 루디의 친구가 되어 준다. 소녀는 루디에게 부토 춤을 가르쳐주고, 아내가 그토록 가고 싶어 했던 후지 산 여행에 동행한다. 하지만 후지 산은 언제든 볼 수 있는 산이 아니었다. 어느 날 새벽, 창문을 열자 거짓말처럼 눈 덮인 후지 산이 눈앞에 펼쳐진다. 그때 사랑하는 아내가 나타나 두 사람은 함께 부토 춤을 추고, 그 자리에서 루디는 죽음을 맞는다. 루디의 행복한 미소가 오랫동안 기억에 남는 영화다.

눈먼 자들의 도시

페르난도 메이렐레스 | 줄리안 무어, 마크 러팔로, 가엘 가르시아 베르날

〈눈먼 자들의 도시〉는 1998년 노벨문학상을 받은 주제 사라마구의 소설을 영화화한 것이다. 이 작품을 처음 읽었을 때의 충격은 매우 컸다. 작가의 상상력이 어디까지인가와, 주제를 전하는 강력한 힘에 주눅이 들 정도였다.

대도시 한복판에서 한 남자가 갑자기 앞을 볼 수 없게 된다. 남자가 안과를 찾아가 그곳에서 만난 사람들도 모두 실명하고 만다. 이후 전염병처럼 이 증상은 도시 전체로 퍼져 나가게 된다. 정부는 이 놀라운 사태를 진정시키기 위해 비어 있는 정신병동에 이들을 격리시킨다.

이 영화의 주인공인 안과 의사의 아내는 이들 중 유일하게 '눈뜬 자' 이다. 그녀는 남편의 보호자로 가기 위해 눈이 멀었다며 거짓말을 하고 정신병동에 같이 들어간다. 그녀는 평범한 아내에서 투사로 변해 간다. 남편은 그런 그녀에게 점점 더 소외감을 느끼고 자기만의 아내 혹은 보호자로 남길 바라지만 아내는 불편한 사람들을 외면할 수 없다.

영화가 후반부로 접어들면서 카메라는 인간의 내면에 숨어 있는 식욕과 성욕에 대하여 냉철한 눈을 들이댄다. 정부에서 지급하는 식량을 독차지한 제3병동의 강도들은 그것을 미끼로 각 병동의 사람들에게 금품과 성관계를 요구한다. 이 부분은 정말 역겹다. 인간 내면에 숨어 있는 욕망의 밑창이 여실히 드러나는 부분……. 역시 대단한 작가이고 감독이다.

주제 사라마구가 묘사한 지옥 같은 수용소의 모습은 그곳이 인간 스스로가 만든 지옥이라는 점에서, 그리고 인간의 이기적 욕망의 산물로 처참하게 황폐화되었다는 점에서 우리를 전율시킨다. 또한 인간의 본질에 대한 놀라운 통찰력으로 이기적이고 탐욕스러운 본능이 얼마나 끔찍한가를 묘사하고 있다.

🌸 빌리 엘리어트
스티븐 달드리 | 제이미 벨, 진 헤이우드, 제이미 드레이븐, 게리 루이스

아무 일도 하고 싶지 않을 만큼 의욕이 떨어질 때 나는 이 영화를 본다. 영국 탄광촌의 어린 소년 빌리는 발레리노의 꿈을 갖게 된다. 탄광에서 일하다 파업에 들어간 광부 아빠와 형은 빌리의 꿈을 이루어 줄 능력도 없을 뿐더러 남자가 춤을 춘다는 것이 못마땅해 분노한다. 하지만 가능성을 발견한 여자 선생님의 지도 아래 빌리는 천재성을 더욱 발전시켜 간다. 어느 날 아들의 춤추는 모습을 보게 된 아버지는 비로소 아들의 재능을 인정하며 지원을 해주기로 마음먹는다.

아버지와 형은 빌리를 런던에 있는 최고의 발레학교에 보내기 위해 돈을 모으고, 빌리는 당당히 합격하게 된다. 빌리는 많은 시련과 어려움의 벽을 뚫고 십 년 후 최고의 발레리노가 되어 무대에 오른다. 꿈을 향한 집념이 얼마나 큰 힘을 발휘하는가를 볼 수 있다. 실화를 토대로 한 영화라 더욱

감동적이다. 춤추는 소년 빌리의 영상이 너무도 멋졌다.

재능은 발견도 중요하지만, 얼마나 치열하게 키워 나가느냐가 중요하다는 걸 말해 주는 영화다. 그래서 가족이 보면 더 좋을 듯싶다.

꿈을 꾸고, 꿈을 이루며
나이 들어 가고 싶다

꽤 긴 글이 되고 말았다. 지금까지 살아오며 보고 듣고 느낀 모든 것을 다 토해낸 느낌이다. 내 안에서 들려오는 미세한 소리에 귀 기울이려 애썼다. 길게 늘어놓았지만 한마디로 요약하자면, '다시 시작하자. 인생 제2막, 지금부터다'쯤이 될 것 같다.

늘 공사 중이어도 좋으니, 무엇이든 마음먹은 대로 해보자는 것이다. 그러기 위해서는 하고 싶은 게 무엇인지, 잘할 수 있는 것은 무엇인지부터 살피는 게 우선이다.

이 글을 쓰는 과정은 내가 원하는 것이 무엇인지 진지하게 묻는 시간이었다. 하고 싶은 일도 많고, 해야 할 일도 많고, 할 수 있는 일도 많았다. 왠지 마음이 조급해졌다.

어디서부터 시작해야 할지 망설이다 길을 나섰다. 내 앞에서 열심히 자기 길을 가고 있는 선배를 만나고 싶었다. 은빛 머리를 휘날리

며 열심히 그릇을 만드는 장인의 모습에서 전율을 느꼈다. 혼신을
다해 흙을 빚는 모습, 콧잔등에 송골송골 맺힌 땀방울이 성스러웠
다. 비바람 앞에서도 흔들리지 않을 나무처럼 보였다. 그 포스가 한
순간에 만들어진 것은 아니리라. 오랜 세월 준비하고 자기 자리를
만들어 온 사람만이 누릴 수 있는 당당한 모습이 아름다웠다. 나도
선배처럼 멋지게 나이 들어 가고 싶었다. 하고 싶은 일을 향해 온 힘
을 다해 질주하는 것, 그것이야말로 지금부터 내가 할 일이라고 생
각했다.

　여전히 꿈을 꾸고, 꿈을 이루며 나이 들어 가는 여자. 그 희망으로
돌아오는데 떠오르는 문구가 있었다.

　"가장 큰 자원의 낭비는 무한한 가능성을 가지고도 그것을 발휘
하지 못한 사람들입니다. 당신이 못 한다고 생각하면 아무 일도 못

할 것입니다. 하지만 할 수 있다고 생각하면 할 수 있는 기회가 생깁니다. 삶의 목표를 낮춰 잡아 보십시오. 인생이 권태로울 것입니다. 목표를 높이 잡아 보십시오. 비상할 것입니다."

내 삶의 모토가 되어 주는 신학자 찰스 스윈롤의 말이다.

중년의 꽃을 피우는 것은 마음밭에 달려 있다. 죽는 순간까지 여자로 살기를 포기하지 않는다면, 삼천 년 만에 핀다는 우담바라는 아닐지라도, 수수하지만 질리지 않는 수국은 피워내지 않을까. 충분히 그럴 것이라 믿는다.

박경리 선생님의 "버리고 갈 것만 남아서 참 홀가분하다"라는 말처럼 끝까지 치열하게 살자. 이건 나를 향한 다짐이기도 하다.

글을 다시 읽어 보니, 에세이는 자신을 벗는 작업임에 틀림없다.

괜스레 가족에게 미안한 마음이 든다. 너무 적나라하게 표현한 면도 있고, 어쩌면 보여주고 싶지 않은 부분도 석류 알 껍질 벗기듯 솔직하게 썼다. 진정성을 위해서는 어쩔 수 없었다. 당신의 허물을 말한 것이 아니라, 나의 미미함을 보여주어야만 했다. 이 모든 글을 사랑하는 마음으로 썼다는 말로 사과의 말을 대신하고 싶다. 늘 말없이 응원해 주는 힘, 고맙다는 말과 함께.

아름다운 그림을 사용하도록 선물해 주신 김인옥 화가님의 우정에 깊이 감사드리며, 이 책이 세상에 나올 수 있게 해주신 출판사의 깊은 사랑에도 감사의 인사를 드린다.

여자 나이
오십,
봄은
끝나지
않았다

초판 발행 I 2014년 11월 10일
초판 4쇄 I 2018년 10월 15일
지은이 I 박경희
발행인 I 안창근
마케팅 I 민경조
기획 I 안성희
편집 I 차은선
본문 디자인 I 조준범
표지 디자인 I 놀이터
펴낸곳 I 고려문화사
출판등록 I 1980년 8월 4일 제1-38호
주소 I 서울시 마포구 동교로 22길 22, 301
전화 I 02 996 0715
팩스 I 02 996 0718
homepage I www.koryobook.co.kr
e-mail I koryo81@hanmail.net
ⓒ 박경희
ISBN I 978-89-7930-210-3 03810